# 犬ではないと言われた犬

向坂くじら

百万年書房

# 犬ではないと言われた犬

# 犬ではないと言われた犬　目次

# 犬ではないと言われた犬

# くちぶえ、ソロで

口笛同好会が、空中分解していた。

大学に入学して間もなく、いちばんに入ろうと思ったサークルだった。新入生向けの案内冊子に並ぶ、テニスやらダンスやら落語やらに交じって、口笛同好会はひときわ異彩を放っていた。そもそもわたしは口笛が好きで、そこらの人よりはかなりうまい自信がある。理由なき自主練によって「チャールダーシュ」なんかも吹けたし、小鳥も呼べる。大学公認サークルではない「同好会」の欄は小さかったけれど、わたしは見逃さなかった。

さっそく載っていたアドレスにメールをすると、四年生の会長から返事が返ってきた。そこで、空中分解の事実を知らされたのだった。が一ん。だいたい同好会には四人しかメンバーがいないらしい。その四人が、三人と一人とに分裂していた。わたしの入学した大学はほどほどに大きく、同じキャンパスに在籍している学生だけでも二万人ほどはいるはずだ。そのなかで、たったの四人。なけなしの四人だ。

なんとか仲良くしろや、と、思わないこともなかった。

しかもメールの対応をしてくれていたのは、三対一に分裂したうちの一のほうだった。最高学年、しかも会長なのに、孤立している。どうしたらそんなことになってしまうのか。一瞬、よほど問題のある人なのでは、と身構えたけれど、メールの文面はやさしかった。せっかくメールをくれた新入生に空中分解の内情を話すのは、彼としても忍びないことだったらしい。見ず知らずのわたしに丁重に謝って、わたしが口笛を習うためにはどうすればいいか、親身になって考えてくれた。彼が勧めてくれたのは、代わりに他大学のインカレサークルに入ることだった。そして、会長以外の三人はすでにそうすることに決めているという。つまり口笛同好会は、会長ひとりを置き去りに、他のサークルに吸収合併されようとしているのだった。

メールのやりとりをしながら、わたしは彼に興味を持っていた。こんなに細やかな気配りをしてくれる人が、どうしてひとりほかのメンバーと対立しているんだろう。自分にメールを送ってきた新入生をしかし、自分を残して去っていく三人のほうに合流させようとするって、なんだかすごいことなのではないだろうか。わたしの活動しやすさを気遣ってくれているようにも思えたし、それ以上に、わたしの存在を透かして、口笛の世界全体の今後のことを考えているようにも思えた。なんたって、予想を超える長文メールをくれる人に、悪い人はいないのだ。

会長に紹介されるまま説明を聞きに行ったのは、渋谷のサイゼリヤだった。そこには会長ではなく、分裂した三人のほうの先輩のうち、ふたりが来ていた。新入生はわたしだけ。たった三人の新歓だった。応対してくれた先輩は愛想がよく、こちらも空中分解について気まずそうに、申し訳なさそうに説明をしてくれた。

そこで、初めて全貌がわかってきた。

「ごめんね。モモちゃんから聞いたかもだけど、モモちゃんがちょっと……」

モモちゃん、というのが、会長のニックネームらしい。

「モモちゃんは口笛ソロでストイックにやりたい感じだったんだけど、おれらは割と楽器とかと一緒にみんなで仲良くやる感じで、ステージもみんなで作りたいし。まあなんとなく、それでバラバラになっちゃって」

あっ、これは、聞いたことがある。つまり、「音楽性の違いにより解散」。口下手も手伝って、わたしはあいまいにうなずきながらピザを食べていた。彼らが合流することになっている他大学のサークルは「楽器とかと一緒にみんなで仲良くやる」方向性に合致していて、しかも十人もいるという。多いような気もするし、少ないような気もする。

「モモちゃんはねー」と言って、先輩ふたりは顔を見合わせて苦笑いする。

「まあ、いろいろ、難しいところもある人だからね。おれらもけっこう揉めたりしたたし。なんかひとりで海外のコンクール出た人に習ったりして、本人もコンクール出たりしてるっぽいし。それはそれでいいんじゃないかな？　と思うけど」

サイゼリヤを出て、それきりそのふたりには連絡をとらなかった。モモちゃんには何かひと言伝えたような気もするし、伝えなかったような気もする。そのままわたしは、どこの口笛サークルにも入らなかった。最後までモモちゃんとは会うことはなかった。

モモちゃん、仲良くしろや、なんて思ったこと、撤回する。いくら貴重な四人だとしたって、あのふたりと仲良くするのは、わたし、無理かもしれない。

「この詩を読んでみて、なにか、ご感想が聞けたらうれしいんですけど。どうでしょう」

詩の講座で参加者の感想を呼ぶとき、だいたいそんなふうに話しかけている。

「全体でざっくりこういう印象を受けた、みたいな大きな感想でも、ここの言い回しが気になる、みたいな小さな感想でも、どっちでもいいです。読んでいて思い出したぜんぜん関係ないこととか、勝手な妄想とか、そんなものでも。ほんと、なんでもいいです」

講師役があまりしゃべりすぎないほうがいいというのは重々承知しているつもりなのに、

このときだけはついべらべら補足をしてしまう。なぜかというのも、自分でよくわかっている。涼しい顔して教えていながら、わたしが内心このフェイズに納得しきっていない部分があるからだ。

わたしの講座はだいたい、ひとりひとつの詩を書きあげて発表することを最終的なゴール地点としていて、そこまでの過程でバリエーションをつけている。もっともシンプルかつ王道なのが、いくつかの詩を読むこと。詩を書く講座を作っていると気にかかるのは「人はいつ詩を書きたいと思うのか」という問題で、「気に入る詩に出会ったとき」というのは、他愛ないながらもかなり有力な答えではないかと思っているのだ。

ところがいざ詩を読み、そこまではいい、そのあとに感想を話しあってもらおうとすると、先述のような歯切れの悪いオーダーになってしまう。発音しながら自分でも釈然としなさを感じている。

――詩を読んだ感想を、どうして人と話し合わなければいけないのか？

読んだり書いたりすることのもっともいいところは、ひとりでできるところである。楽しむためにチームメイトや同行者はいらないし、作るにしてもアシスタントや機材スタッフはいらない。誰かと協力する必要もなければ、友だちがいなくても大丈夫だ。他人といることが決して得意ではないわたしにとって、そのことを語らずして読む・書くことの魅力を語ることはできない。読むことと書くことだけが、わたしをはるばるとひとりぼっちでいつづけさせてくれる。それはさびしく、それでいてうれしくて、なによりこの上なく自由なことだった。

ところが講座となると、当然のようにみんなで同じテーブルを囲み、同じ時間に同じ詩を読む。もちろんある程度いろいろな速度で読めるように気を配りはするけれど、次のプログラムがある以上、たかだか「ある程度」の範疇を出ない。そして、互いに感想を話し合う。ここにわたしのためらいがある。詩を読んだあとに心のなかに起こる膨大なことのなかには、すぐに口から出せないようなことがたくさん混じっている。それに、もしも言葉になったことがあったとしても、それを言葉にせずにいる自由も保障されてあるべきと思えてしかたない。本当は、さらっと読んで、どんどん次に行ってしまいたいくらいなのだ。

けれどもどうやら、それはそれで居心地の悪いことであるらしい。講座がはじまってしまった以上、はなからわたしも参加者も「ひとり」ではない。同じテーブルを囲んで同じ詩を読んだなら、読んでいるそのあいだはわずかにひとりであったとしても、顔を上げたら他の人の感想が気になってくる。話すほうも聞いている人がいてくれると、自分でも思いもよらなかった感想を話しだせることがある。さらには多くの人にとって、話すことは書くことよりもはるかに身近な「言葉」との接点であり、あれこれ話した後のほうが、いざ書きはじめるときにもスムーズになる。読み手としてのさびしいわたしがどんなに釈然としていなかったとしても、講師として見ているとその有用性を認めざるをえない。それでもうそこはサービスと割り切って、しぶしぶ感想を話してもらうことにしているのだった。他の講座やワークショップではよくある、「近くの人と感想を話し合ってください」というのを絶対にやらないことを、せめてもの良心として。

とはいっても、やはり引っかかる瞬間はある。そこにいる人同士のおしゃべりが詩と関係ないほうへどんどん進行していったり、気のやさしい人が他の人の感想を否定しないようなことしか話さなくなってしまったり、お互いの感想を褒めあうことにみんなが集中しはじめたりすると、ひそかにくやしく思っている。思うに、いま目の前にいる他人というのはすさまじく蠱惑的で、人の関心をどうしようもなく惹きつけるものであるらしい。その魅力の前には、詩なんてほんのささやかなもの。人と関係を結ぶことに比べたら、詩と関係を結ぶことは、二の次三の次になってしまうようなのだ。

わたしとしては、まさにその「詩と関係を結ぶ」ことを試してもらいたくて講座を開いているのだから、これは大敗である。ひょっとしたら詩を口実に、そもそも人とうまく関係を結べない自らの不具を正当化しているだけかもしれない。けれどもやっぱり、そこにいる者と結ぶ関係の果てしない誘惑を振り切って、言葉のなかに息づくここにいない者、すでに死んだ者、会うことのかなわなかった者たちとかかずりあうことでしか、できないことがある気がしてならない。そしてそうするためにはやっぱり、まずは誰かとともにはじめたとしても、最後にはひとりになるしかない。講座ではせめてそのあとの詩を書く時間、それぞれの作業に集中してもらうことにしている。書くこともまた、自分の肉体を離れ、たかだかそこにいるもののあいだで終わる関係を遠く離れて、ここにいない誰かへと向かっていけるはずだと信じて。

モモちゃんに会うことはなかったけれど、モモちゃんがたったひとりで同好会を捨ててしまった気持ちが、わたしにはわかるように思える。モモちゃんにとっては、「みんなで仲良く」だ「みんなで作る」だなんて、まるきりどうでもいいことだったんだろう。人間との関係なんて、口笛との関係に比べたら。

そもそもわたしが口笛が好きだったのは、それもまた、ひとりで、どこでもできるからだった。歌うことも好きだが、口笛が吹ければ、しゃべるための道具でもあるくちびるから、声ではない音楽をいつでも鳴らすことができる。その、すがすがしさ。他人とのコミュニケーションにうんざりさせられた身体の、ささやかで野放図な解放。

いまでも惜しく思う。あのとき一度でもいいから、モモちゃんに口笛を教えてもらえばよかった。わたしとモモちゃんの関係なんてやっぱりどうでもいい。モモちゃんと口笛との関係を通じて、わたしと口笛との関係さえ変わってしまうようなそんな教え方が、モモちゃんならできたような気がして。そうだ。もしそんな詩の講座ができたなら、どんなにいいことだろう。

こんなにも風があかるくあるために調子つぱづれのぼくのくちぶえ　山崎郁子

# 犬ではないと言われた犬

回転寿司が好きだ。百円そこらのもいいが、海の近くにあるにぎやかなのがいい。聞いたことのない名前の魚ばかりめずらしがって食べる。ちょっと贅沢とはいえ、都会で食べる寿司ほど高いわけではなく、店員さんのふるまいもすましていないのがいい。そしてなにより、当の寿司がすましていない。海の近くの寿司はまず魚がでかい。都会の寿司のようにあらかじめ刷毛で醤油が塗ってあったり、逆に百円寿司のようにチーズを乗せて炙ってあったり、そういう気取ったことを、海の近くの寿司はしない。「握った」というよりは、巨大な刺身をしゃりの上に乗せただけのような、アンバランスな佇まい。しかしそこからは、魚がうまいのだから任せておけ、という力強い自負がにじんでくる。それがいい。

けれども、でかい寿司をほっぺたいっぱいに食べながら、ふと考える。

この寿司は、「寿司ではない」と言われたことがあるだろうか。

たとえば、とても崩れやすいために、大将が手から手へ渡してくるような寿司——食べたことはないが、そんなことがあるらしいと伝説のように聞きかじっている——と比べて。漫画『美味しんぼ』の「寿司の心」というエピソードには、主人公の山岡士郎が、傲慢な寿司屋の店主に啖呵を切るシーンがある。山岡士郎が海の近くの寿司を食べたら、なんと言うだろうか。やっぱり、怒るんじゃないだろうか（なんたって山岡士郎はなにを食べても怒るのだ。われわれは、山岡士郎が怒るのを見たくて『美味しんぼ』を読むのである）。魚がうまけりゃうまい寿司になる？　寿司にはこんな技術があって、修行が、心が、なんとかかんとか。怒られながら、ふしぎな名前の魚たちを、もくもくと食べる。オシツケ、サンノジ、ニベ、スミヤキ。脳内の山岡士郎は、ついに大見得を切る。

そんなもんは、スシじゃねえ！

「これって、詩になってますかね……」

詩の講座をしていると、よくそんなふうに訊かれる。そのときは若い男性で、これが初めての参加だった。わたしのお題に従ってなにかは書いてみたものの、その出来に不安が残っているらしい。

「あんまり詩じゃない感じがしますか？」

「うーん。なんか、ただの日記になってしまったような気がして……」

「日記みたいな詩、たくさんありますから、そこは大丈夫かと」

それでもまだ不安そうにしていて、次にどんな質問が来るのか、なんとなく予想がついた。

「詩って、形式とか書き方とか、なにか決まっていることはあるんですか？　こうすれば詩、みたいな……」

そう、これである。詩には俳句や短歌と違って、形式上の決まりごとがない。ソネットや七言絶句のような定型もあるにはあるけれど、現代日本で単に「詩」と言ったときには、口語自由詩＝定型のない、ふつうの言葉で書かれた詩を指すのがほとんどだろう。その「自由」が、詩を書きはじめた人を惑わせる。実際、「何をもって詩とするか」というのは難しい問いかけで、詩人によってもさまざまに答えがあるだろうけれども、わたしの講座ではさしあたってこのように答えることにしている。

「書いている人が、これは詩である、と言い張れば、詩です！」

これもまた大して不安を解消する答えでもないけれど、しかしこれ以上先がないことは伝わるようで、彼はしぶしぶといったふうにペンを取りなおし、自分の書いた「詩らしきもの」のほうへ向きなおる。

その力ない背中に、ああ、本当はわたしに、「詩になってますよ！　大丈夫です！」と言っほしかったのだろうか、と思いそうになるけれど、すぐに思い直す。いや。彼はむしろ、「こんなのは、詩じゃないですね」と言ってほしかったのかもしれない。自分の書いた、どうにも頼りないなにかを、いっそ正面から否定してもらえたら、次にはついに「詩」なるものを書けるように思えるのかもしれない。

ところで、「あなたは詩人ではない」と言われたことがある。正確には、「あなたは詩人をやめて、パフォーマーになった」と言われたのだった。詩の朗読をはじめたときのことだ。それまで同じ文芸サークルで活動していた先輩に、そう言われたきり連絡を絶たれてしまった。言いかえす言葉さえ浮かばないうちにすべてが終わって、宙ぶらりんにされた気分だった。それでいて、なにか手ひどくののしられたという手ごたえだけは、ありありと残っていた。

それからしばらく、時計を見ると、「これは時計ではない」という罵倒のことを、電車を見ると「これは電車ではない」という罵倒のことを考えた。そして、服ではないと言われた服のことを考え、犬ではないと言われた犬のことを考え、パンではないと言われたパンのことを考えた。心のなかで、犬ではないと言われた犬を撫でてやった。かすかに湿って、わたしよりも体温が高い、犬ではないと言われた犬。

寿司だってそうだ。だいたい、「これは寿司ではない」という罵倒は、よく考えてみれば不思議である。「寿司の心」に登場する寿司屋は確かにイヤなやつで、しかも握る寿司もおいしくない、作中で山岡士郎は寿司のＣＴスキャンまで撮ってそのことを力説する（こちらもイヤなやつだ）のだが、しかし、寿司ではあるな、と思ってしまう。いかに米が押し固まっていて、それが「心のこもってない」調理によるものであったとしても、いや、寿司ではあるじゃないか。「スシじゃねえ」がののしり文句として言いすぎかどうかはこの際どうでもよく、単に、事実と異なることを言っているな、と思う。寿司ではあるじゃないか、ただそれが、まずい寿司であっただけで。そうだ、いまになって思う。わたしが仮に、目もあてられないほどへたな詩人であったとして、そのことと「詩人である」かどうかは、さして関係のないことじゃないか！

「それは〇〇ではない」というののしりは、結局のところ、なにをしようとしているのだろう。山岡士郎に「寿司ではない」と言われた寿司は、「寿司」という言葉からはじき出される。そのときに行われているのは、もともとの「寿司」という言葉を、よいもののままに、もっと言えば山岡士郎いうところのよいもののままに、留めておこうとするはたらきではなかろうか。よくない寿司があらわれたとき、それを「寿司」のなかには含めないと宣言することによって、よくない寿司のそのよくなさから「寿司」全体を守ろうとするような。しかし依然、まずい寿司、寿司ではないと言われた寿司は、皿の上に残りつづける。

わたしの詩や朗読も、例の旧友の思うよい詩からは外れていて、それを詩と呼んでしまえば、その人の愛するところの詩が損なわれるように思われたのかもしれない。そういえばわたしというものは、ほかにもいろいろなことを、いろいろな人に言われてきたような気がする。君はまだ社会人ではないね。それは恋じゃないでしょ。君のしてるのは仕事ではない。それじゃ学んだことにならないよね。それって友だちじゃなくない？　既存の言葉たちは、ともするとわたしをはじき出そうとして、そうすることでよいものでありつづけようとする。しかし、だからといってわたしが消えてなくなるわけではないから、わたしはしょうがなくまだ働いたり、だれかをさまざまに好きになったり、詩を書いたりしているのだった。そのことはもしかしたら、「仕事」や、「恋」や、「学ぶ」や、「友だち」というような言葉の値打ちを、ひどく損ねていることになるのかもしれない。そう思うと悪いことをしたようで、笑いだしたくなってくる。

けれども、言わせてもらいたい。「詩」に関してだけは、わたしが悪いのではない。少なくとも、わたしだけが悪いのではない。

少し詩の歴史の話をしよう。近藤洋太によれば、近代以降の日本の詩は「反『師系』の文学」であるという。「反『師系』」、前世代の詩人たちに師事するのではなく、むしろ反抗することによって成立してきた文学。先にもふれた「口語自由詩」は、明治期以降の西欧化を受け、旧来の日本的な「文語定型詩」を脱却して生まれる。それも、昭和初期にはモダニズム系の詩人たちによって「無詩学的」であると批判され、そのモダニズム詩も戦後には「無意味な難解詩」と言われた。

私たちの詩は、このように前世代の詩人との断絶、反抗を繰り返してきた経歴を持っている。「師系」に対しては断固としてアンチを表明してきた反「師系」の文学なのである。(『ペデルペスの足跡』)

このような歴史の上に立ってわたしは、詩を読んでしばしば身震いしたくなる。たとえば「蛙語」で書かれた草野心平の詩や、文字で描かれた抽象画のような新國誠一の詩や、辞書や禅問答のような谷川俊太郎の詩を読むとき、そのどうしても新しくあろうとするエネルギーが、自分のいまいるここまで迫り上がってくるのを感じて。詩は、既存の詩からあえてはじき出されようとする、ひとつの運動なのだ。そしてそうである以上、いま詩でないどんな言葉も、いや、いま詩でない言葉こそ、詩になってしまう可能性がある。これは「どんな言葉にも価値がある」というようなセンチメンタルなことではなく、もっと乱暴で、ただならぬことなのだ。

　だから、これから先、講座の参加者にどれほど求められたとしても、わたしが山岡士郎のごとく「これは詩ではない」と言うことはないだろう。やさしい指導者であるためではない。生まれてくる詩を前にしてそのようなこと、おそろしくてとても言えないからだ。もしもわたしや参加者の詩がへたであって、そのことで「詩」という言葉がいかに損なわれようと、「詩」に関してだけは、わたしが悪いのではない。詩が、わたしよりはるかに先に、はるかに悪い。

　なんでも飲み込んでしまう自由詩の放埒さは頼もしいけれど、同時におそろしくもある。「書いている人が、これは詩である、と言い張れば、詩です！」と、参加者にはまるでそれが気楽なことのように話しながら、実のところわたしも、いざ言い張るときには不安になっている。「自由」のふた文字の前で、いつでも自分が試されているような気がする。

　敬愛する詩人の桑原滝弥さんは、

人々よ
全世界の人々よ
軽々しく詩人と名乗りなさい

と書いた。向こうから風が吹いてくるような、あかるい言葉だ。ただし、そのあとにはこう続く。

そして落としまえを付けなさい

わたしも言いたい。これは寿司だと、犬だと、そして、詩だと、軽々しく言いきりなさい。そして。あのとき、しぶしぶペンを取りなおしたあの男性の後ろ姿はまさに「落としまえ」をつけにいくように見えて、だから実を言えばわたし、うれしくてしかたがなかったのだった。

## とありますが、どんなこころですか

ここだけの話、詩を教えるのがいちばん苦手だ。

いや、書いてもらうのはいい。一般向けに作っている詩の講座で教えるのはもちろん平気だし、自分の教室ではそこまで詩の指導はやらないものの、たまに子どもの方から書きたいと要望があれば扱うこともある。それはそれで楽しくやっている。苦手なのは、読解の教材に出てくる詩の単元のことだ。たとえば、こんな問題がある。

鹿　　　　村野四郎

鹿は　森のはずれの
夕日の中に　じっと立っていた

彼は知っていた
小さな額が狙われているのを
けれども　彼に
どうすることが出来ただろう
彼は　すんなり立って
村の方を見ていた
生きる時間が黄金のように光る
彼の棲家である
大きい森の夜を背景にして

とありますが、
どんなこころ
ですか

この詩の「生きる時間が黄金のように光る」のところに傍線が引いてあって、この箇所の説明として適当なものを次から選べ、とある。せっかくなのでここで、国語の選択問題の解き方をお伝えしておこう。受験対策でよくあるのは「消去法」作戦で、選択肢の文言を目を皿にして読み、ひとつでも本文の内容と合わないところがあればその選択肢を削除せよ、という解き方。システマチックに使える一方、問題のレベルが上がって選択肢が複雑になったときに足をすくわれるリスクがある。それに、システマチックに使えるということはつまり、あまり頭を使わずに解いているわけで、読解力の訓練にはならない。

ではどうするのかといえば、設問を読んだ段階で選択肢とは関係なく答えを考えるのがいい。選択肢を見るより先に自分の中で答えの方向性を定めておいて、それから近い選択肢を選ぶ、そうすると面倒な選択肢に引っかかりづらいし、ついでに考える力もつく。河合塾講師の小池陽慈先生は、これを「ズバリ法」と呼んで推奨している。他にも多くの先生がおすすめする方法であるらしい。

さっそく、「ズバリ法」を使ってこの問題を解いてみよう……と言いたいのだが、これがなんとも、むずかしい。「生きる時間が黄金のように光る」の適当な説明をしないといけないのだが、評論文や物語文にくらべて、詩の一行のなんとつかみどころのないことだろう。

とはいえ、順番にいけばなんとか読めるはず。「生きる」主体は、さしあたっては「鹿」だろうか。ここまでは今まさに撃たれんとする鹿の姿が描かれているのだし、「(鹿の) 生きる時間」であるとして無理はないはず。「黄金のように」というのはもっぱら、美しさを、それも寺院のような荘厳な美しさ、ただならぬ値うちを持った美しさを感じさせるといってよいだろう。その念押しのように、述語には「光る」が来る。その主語はいうまでもなく「時間」。鹿の身体が光るのでも、あるいは一行目に出てくる「夕日」が光るのでもなく、ここでは「時間」そのものが光るのだ。この詩を素朴に読んで浮かぶ風景としては、夕日を受けた鹿の輪郭が煌々と光っている姿なのだが、それをあえて「否、あそこで光っているのは時間である」とするところに技巧的なおもしろみがある。だんだん読めてきた気がしてくる。鹿を見ているこの眼差しの持ち主は、死に面した鹿の姿を見て、「時間」のそのような美しさに胸をうたれたのだろう。わたしがこの問題を解くのなら、だいたいこんなところで選択肢の確認に移る。ちなみに、この時点ですでに、いや、これ小学五年生の問題にしては難しいのではないか、と思っている。

　選択肢を見てみよう。

ア　何事にも動じず、信念をもって生きてきた鹿の美しさが森のやみを背景にきわだっていること。

イ　運命に身をまかせ、人間をうらむことをしない、純粋な鹿の気高いたましいのこと。

ウ　死に面しても、おそれず、堂々と最後まで生きぬこうとする鹿の強い意志のこと。

エ　わずかに残された時間の中で、鹿の命がひときわかがやきを増していること。

とありますが、どんなこころですか

……………どれだ？

「時間というものの美しさ」だけに賭けてここまで来たら、完全に見失ってしまった。といっても手づまりではなく、こうなってはじめて消去法を使う。ア。「信念をもって生きてきた」はちょっと言いすぎだろうか。読者たるわれわれはそこまでこの鹿のことを知らないはずだ。イの「人間をうらむことをしない」「純粋な」もそう。ウの「堂々と最後まで生きぬこうとする」も、真っ赤なウソではないが確定もしていない。エ。「鹿の命がひときわかがやきを増している」も、「かがやきを増している」のが「命」であるとは言い切っていないように思える。……正解がない！

おわかりだろうか。正解は「エ」。わたしの考えの延長で正解を出そうとするなら、まあ、当初の読みで「鹿の生きる時間」としていたものは「鹿の命」と同義といってもよかろう、というところで、なんとかエを選べる。しかし、あまりに消去法すぎる。「誤答を探して消していく」という消去法ではなく、「四つの釈然としない選択肢の中でもっともマシなものを選ぶ」という消去法。

案の定、生徒は「ア」を選んだ。もちろん上記に書いたような消去法（解法）的な説明はできるけれど、「ズバリ法」的に本文に軸足を置いて説明しようと思うと、どうもむずかしい。「生きる時間が黄金のように光る」は、ただそれだけであって、そのほかの言葉にはどうしても言い換えられない気がしてくる。「時間が光る」はそのままの意味で、なにも「命」のことをわざわざ「生きる時間」と言い換えているわけではないのではないか。逆に「黄金のように光る」ようすに、わたしたちがある「信念」を読み取ったとしても、別段かまわないのではないか。

　そんなことをあれこれ考え出すともうだめで、一応「ア」が誤答である理由こそ説明したものの、加えて上記のようなこともすべて話すことになった。大切なのはいまこの問題を解けるかどうかではない、選択肢問題を解くときの考え方がわかること、そして、詩や国語を嫌いにならないでいてくれることだ、と、自分に言い聞かせながら。わたしが首をかしげながら話すのを、生徒も一緒に首をかしげながら聞いていた。ああ、詩を教えるのがいちばん、苦手だ。しかしまあ、曲がりなりにも、詩人と国語塾代表の両方を名乗っている身として、こんなことで本当によいのだろうか。

　ちなみに極めつけは最後の設問で、実際の教材ではこの詩のタイトルは伏せてある。その上で、「この詩の題名を詩の中から抜き出しましょう」というのだ。生徒は「森」と答え、これに関してはもう、マルもバツもつけなかった。アが誤答な理由は説明できても、「森」が誤答な理由はお手上げだ。だって、「額」でも「時間」でも「夜」でもいい。考えてみ

とありますが、どんなこころですか

てほしい。

しかしまあ、おまえのようなものが詩の指導すらできなくて何ができるのか、と、自分でも思う。答えとしては、なにもできない。このあいだインタビューで、「なんで詩人を仕事にしようと思ったんですか?」と尋ねられ、「ほかにできないことがあまりに多いからです」と答えたら、謙遜をしたあとの空気になってしまった。謙遜ではない。自分の人生に力ずくで教えられた、深い実感である。

いろいろ理由があって大学を卒業したあとにも就活をしていて、かつなんの理由もなく落ちまくり、夏になっても働き口が見つからなかった。「うちの会社、社訓が『変』なんです! 採用基準も同じで、変じゃない人は採らないですよ。だから変な人ばっかりいます!」という面接官に、「向坂さん、僕がいままで会った人の中で一番変ですね……」と言われたときには胸が躍ったが、間もなく不採用の連絡が来た。びびるな、と思った。ありあまる変さにびびるな。

それで一回だけ、就職エージェントに相談しにいったことがある。相談相手が欲しいとは思わなかったが、とにかく誰かにわたしの代わりに履歴書を送り、スケジュールを管理してもらいたかった。面談スペースで会ったエージェントのお兄さんは、髪をワックスでがちがちに固めていた。

「今日は棚卸しみたいな感じで、なりたい自分になるためにはどういうキャリアがいいのか、一緒にね、考えていきたいと思います」

棚卸し。みょうに工業的な響きを持つその言葉が、「人生を振り返る」というような意味で使われることは、なんとなく聞いたことがあった。ステンレスのラックに陳列された自分の肉体を思い、それらをこの人にわざわざ広げて見せてやることを思った。そこに並ぶと、「なりたい自分」というのもまた、同じように埃をかぶった、工業的なにおいを放つのだった。

「なんか子どもの時から好きなこととかあります？」

「読書とか……書いたりするので、そういうのはずっと好きですね」

「あーじゃあわりとひとりで黙々やるのが好きなタイプ？」

「うーんいや、でも細かい作業苦手で、人と話すのは割と好きです」

「いいっすねー。接客とか営業とかもわりといける感じですか？」

「あっ、すいません、わたしゆっくりしか話せないので全然いけないです……」

このあたりで、すでにお兄さんを困らせているのがわかった。自分でも、自分の言っていることの辻褄が合っていないような気がする。ひとことひとこと、問われたことに本心

とありますが、どんなこころですか

から答えているはずなのに、まったく自分の姿が一本の線を結ばない。答えがばらばらの点のまま、宙に浮いている。しかしそこはお兄さんも手慣れていて、おそらくお決まりの質問で落としにかかる。

「ちなみに、なにしてるときが一番ワクワクするっすか？」

「自分の活動で作ってる作品がうまくいったときですかね……」

「なるほどなるほどー。それって、どういうときに感じます？」

「ライブのお客さんの反応とかですね」

「そういうときってやっぱ嬉しいっすかね」

「まあ、そうですね」

「ですよね！　それって結局、なんで嬉しいんですかね？」

「お金払って来てくれたお客さんが喜んでくれるのは、よかったなあと思いますよね」

「人が喜んでると嬉しいってことですか？」

「まあ、そうですかね、誰しも……」

「ちなみに、子どもの時からそういうところありました？」

「うーん、多かれ少なかれ……」

「じゃあ、誰かを喜ばせる仕事が天職じゃないすか!?」

ぼーっと答えていたら、いつの間にかお兄さんが結論らしい雰囲気を出していたので、それに押されて「はい」と答えた。そうしたらなんだか「それってやっぱ、才能っすよ！」と明るく励まされ、接客系の求人を二つ、三つ渡されて、面談は終わった。煙に巻かれたように帰って、そのあとお兄さんから来たメールには、二度と返事をしなかった。

　こうしてやりとりを思い返してみると、不思議に思う。わたしはお兄さんの訊ねてくることに、ひとつも嘘をついていない。自分で面談を申し込んだのだから、いくら髪がワックスでがちがちだったからって、お兄さんに意地悪をしたかったわけでもない。それなのに、お兄さんの熱心な質問は、実在するわたしという像に一切迫らなかった。

　問うてみて、答えを聞くこと。その失敗をお兄さんに思う。彼は確かにわたしのことを理解しようとしてくれていたのかもしれない。だからあんなふうに、答えたことのさらに先へ、さらにその先へ、と、問いを重ねるような訊き方をしたのかもしれない。けれど、元がどんなに複雑な気持ちであったとしても、「それはつまりどういうこと？」「それはなぜ？」と問いかけるうち、漂白されて、誰にでもわかる形に単純化されてしまうのではないか。更問いの果てに残るのは、「うれしい」とか「さびしい」とか、誰にでも言えるつまらないことだけではないか。その作用を無意識にわかっていればこそ、彼はわたしに訊ねたのではないか。

とありますが、どんなこころですか

そこからひるがえって、自分のほんとうのところを、誰かに語る困難さを思う。

「ここで仲直りしたのは、どうして？」

生徒の書いた作文にそう訊ねてから、しまった、と思った。友だちと行った旅行のことを書いた作文だった。旅行二日目、読んでいてちょっと心配になるくらい友だちと喧嘩したというその子は、しかし三日目には仲直りをする。そこの描写は、これ以上ない簡潔さだった。

新幹線でねてたら私の口にじゃがりこを入れてきて、仲良くなった。

これだけだ。鬼気迫る喧嘩のシーンがあったあとだから、なおさらその素朴さが際立つ。ストーリー上でも重要なところである。本当は、「じゃがりこを入れてきて」どう思ったのか、そのほかにどういうやりとりがあったのか、仲直りをしたあとは気まずくなかったのか、もっと知りたい。けれども、「ここで仲直りしたのは、どうして？」と訊ねた瞬間の生徒のきょとんとした表情で、それが愚問だったことがよくわかった。彼女が友だちと仲直りしたのは、友だちが口にじゃがりこを入れてきたからだ。そして、それ以上のことは、なにもないのだ。

一応、「喧嘩のところに比べて仲直りのところがめっちゃ短くて、めっちゃあっさり仲直りした感じになってるけど、合ってる？」と訊ねたら、うん、と答える。それならば、それでいい、と思った。これで、たとえば「なんとなく機嫌がなおって」とか、「友だちが仲直りしたいのがわかって」とか、そんな説明を入れたとしても、それは彼女の現実からは遠ざかるだけかもしれない。先生である前にいち読者であるわたしとしてはそちらのほうがわかりやすいようにも思うけれど、しかしそれよりも、「じゃがりこを入れてきて、仲良くなった」に、いっぺん心底納得してみたくなったのだった。言われてみれば、そんな気がする。友だちと仲直りをすることに、それ以上の理由はなにもない気がしてくる。ここが底だ、と思う。更問いの、ここが底だ。

もうひとつ、わたしの苦手な詩の問題を紹介したい。次は小学三年生の教材から。「鹿」よりは二学年下がって、簡単になるだろうか、どうだろうか。

こころ　　からすえいぞう

とありますが、
どんなこころ
ですか

ゆうやけが
あんまり　きれいだったりすると
おれ　しんとした　こころになる
ゆうやけの　ところへいって
はなしあいたくなる

なにを　はなすかっていうと
あかちゃんだったときの　こととかさ
しょうらいどうなるかって　こととかさ……

いつもは　こんなこと
おもわないんだぜ
・・・・・
おれ　こころ
いっぱい　もっているんだな

（工藤直子）

いきなり問題へ行こう。

『しんとした　こころ』とありますが、どんなこころですか。次からえらび、記号で答えなさい。

ア　はらだたしいこころ
イ　しんみりしたこころ
ウ　ゆかいで楽しいこころ
エ　のんびりしたこころ

どうだろう。

白状しよう、わたしはやっぱりだめだ。どれも正解に見えるし、どれも間違いに見える。（解答は214P参照）「鹿」よりむしろむずかしくなっていないか。説明文や物語文の問題では絶対にこんなことは起こらないのに、詩の読解問題だけはどうしてもスッキリと解けない。やっぱり、「しんとした　こころ」と書かれてあるものは、それ以外のなにものでもない、「しんとした　こころ」しか書けないものでないといけない、と考えてしまう。それはそ

とありますが、どんなこころですか

もそも、詩の言葉とはかくあってよい、と、わたしが思っているからだろう。詩はそのものので、すでに語り終わっていて、説明を必要としないのだ。

問うてみて、答えを聞くこと。それが、教えるという仕事そのものであることに、ときに戦慄する。けれど詩であれば、問うてみて、途中でやめる、ということが、かろうじてできるのかもしれない。誰にでも伝わるつまらない結論に軟着陸しそうになるのを空中で押しとどめ、そこを問いの底にしてしまえるのかもしれない。

大体、わたしの人生からして、いまだ辻褄があわないままである。

# 矮小な手のひら

十七歳のわたしは憤慨していた。その頃のわたしというのは確かに、とかく何もかもに、いつでも憤慨している女だったが、しかしそのときは格段に腹を立てていた。

まず、高校三年に進学したら、気に入っていた現代文教師が担当を外れてしまった。代わりに寄越された教師はデクノボウで、そいつのクラスでわたしの友だちが受けた嫌がらせを報告したら、「でも、あの子たちがそんなことするとは思えないよ」などと妄言をのたまい、そのままどこ吹く風を決めこんだ前科がある。それでただでさえカリカリしていたのが、一学期の終わり、よくないことに『檸檬』の単元がはじまったのだった。

梶井基次郎の『檸檬』。わたしは、この短い小説が好きだった。身体を壊しながら友だちの下宿を転々として暮らし、「見すぼらしくて美しいもの」に心惹かれる青年。彼の眼を通してわたしもまた、そのさびしい美しさを楽しんだ。はっとするような文体で描かれる京都の街並みの中にしかし、どうやら彼の居場所がどこにもないことも、教室のいちばん隅のわたしをなぐさめた。

『檸檬』の冒頭は、こんなふうにはじまる。

えたいの知れない不吉な塊が私の心を始終圧えつけていた。焦躁と言おうか、嫌悪と言おうか――酒を飲んだあとに宿酔があるように、酒を毎日飲んでいると宿酔に相当した時期がやって来る。それが来たのだ。これはちょっといけなかった。結果した肺尖カタルや神経衰弱がいけないのではない。また背を焼くような借金などがいけないのではない。いけないのはその不吉な塊だ。

単元の最初の授業で、教師はここまでをつるりと読んで、「病気や借金がいけないのではない、と書かれていますが」と言った。

「でも実際のところ、病気や借金がいけないんでしょうね」

はじめ、それが何を言っているんだか、よくわからなかった。一文の前半と後半がちぎれているように思える。しばらくぼんやり泳がせていたのが、合点がいった瞬間、噴きこぼれるように怒りでいっぱいになった。

つまり、この人は、「えたいの知れない不吉な塊」のことなんて、想像したこともないのだ。だから、こうまではっきり、執拗なほどに「いけないのはその不吉な塊だ」と書かれてあるにもかかわらず、それが本当にあることがわからない。目に見えるものだけが、診断書や借用書だけが、この人にとっては現実の問題なのだ。百歩、いや一万歩譲ってわからないのはいい、しかしわからないからといって、それを真っ向から否定するなんて。書かれてあることの深遠さを、自分の矮小な手のひらで持てるサイズまで握りつぶしてしまうようにして。

それは、『檸檬』の青年から普遍性をはぎ取って、読者であるわたしたちとは関わりのない存在として線引きをすることだと思った。そして、こんなふうに、本当はだれかと分かち合えるはずの痛みが、単なる身体の問題、ひとりの問題として引きちぎられ、孤立させられていくことを思った。言うまでもなくそのとき、わたしもまた、わたしの「塊」に苦しめられていたのだった。

デクノボウ！　デクノボウ　デクノボウ！

わたしの身体はもうほとんど焼けたようになって、そのあとなにが話されたか、まるで覚えていない。もしかしたらフォローになるようなことがあったかもしれないし、逆にさらにわたしを憤らせるようなことが続いたのかもしれない。しかしとにかく、そこでわたしの記憶は止まっている。

高校一年の『羅生門』のときも似たようなことはあって、そのときも少しはむかっとしていた。職をなくして羅生門へ行き着いた下人が、そこで死体の髪を抜く老婆と行き会い、つかみ合って圧倒したのち、老婆に向かって「己は検非違使の庁の役人などではない。今し方この門の下を通りかかった旅の者だ」と身分を偽る。

「なんでこのとき、下人は嘘をついたんだと思う？」

その授業をしていたまた別の教師は、にこやかにそう問いかけると、すぐに自らそれに答えた。

「だってねえ、いきなりクビになったなんて言ったら、おばあさん、びっくりしちゃうからね！」

ひどすぎる。今思い出しても脱力するような答えだが、しかし、『檸檬』に比べたらマシだ。下人が嘘をついた理由は本文中に書かれていないから、「書かれていることから推測をする」という方法だけで言えば、まちがっていない。そこに「自分ならこうだろう」が混じってくるのも、その結果気の抜けた答えが出力されるのも、それ自体は仕方のないことだろう。しかし『檸檬』は違う。まず書かれていることを真に受けるのでなければ、その次の「書かれていることから推測をする」ことの、スタートラインにすら立てないはずだ。

そんなふうに腹を立てているうちに、なぜか自分まで、あんなに嫌いだった国語の先生になってしまった。

小学生の生徒が、椅子の上でぐにゃんと溶けている。今日は最初からどうもこの調子で、漢字をやるといっては途中で投げやりになり、作文の練習ワークをこなしたものの出来が自分で気に入らず、文法に移ったところでついに溶けてしまった。しばらく眺めていたら、その視線もまた居心地が悪いとみえて、「ねむい」と声をあげる。

「昨日、十一時まで起きてて、今日、七時には起きたんだよ。できないよ」

一瞬、迷ってから、「そしたら、ちょっと寝ちゃったら?」と答える。すると、一度プリントを広げたままで机に突っ伏してみて、しかしまだもぞもぞと動いている。

「椅子ふたつじゃないと寝れない……」

ようは、教室の椅子をふたつつなげてベッドにして、そこで眠りたいというのだ。わたしはまたも一瞬迷って、いいよ、と答える。生徒は空いている椅子を自分で引っ張ってきて並べ、そこに器用に丸くなると、間もなく静かになった。

なにに迷ったかといえば、その子の「ねむい」をどのように聞けるか、ということだった。先生をしていると、子どもの「やらない理由」の数々と向かい合わせになる。ときには睨み合いのようになる。めんどくさいから、やらなくてもわかるから、そもそもわからなくてもいいと思っているから。それらをひとつずつ食らっては、どうにか勉強をしてもらうように話をする。それが、単に先生と生徒という立場であるから、とか、お金をもらっているから、とかではなくて、いま勉強をすることがここにいるこの人にとって本当にいいことである、少なくともそう思っているから、であれるよう、慎重に自分自身で検分をしながら。話ができるぶん、それが表に出てきてくれればまだよいほうで、多くは隠されているか、そもそも自覚されていない。そしてそういうときに口から出てくるのが、「ねむい」のような言葉であることがあるのだ。

前述したような学生だったから、どういう言葉が大人のコントロールをごまかせるのか、ということは、身体の芯からよくわかっている。元・反抗的な子どもとして言わせてもらえば、「めんどくさいから」などと本当の理由を話してしまうのは、二流三流のすることである。そんなことをすれば、それが負かされてしまったら終わり、しかも根本的な理由であるほどに、その負けを長く引きずるはめになる。まずは、戦わないこと。宿題ならば「やったけれどもなくしました」が定石、そのあと出す意欲をちらつかせつつ期日の約束をしなければ、なんとなく次の宿題が来て、向こうも「これ以上追及したらかわいそうかなあ」という感じになってくる。ここで重要なのは、相手がこの言い訳を信じているかどうかはどうでもいい、ということだ。真偽から外れて、「かわいそうかなあ」ぐらいに着地するのがいい。念のため申し開きをしておくが、これは十年以上前の話であって、もう時効ということにしてもらいたい。大人になってからはこういった汚い手は、まあ、なるべく使っていないし、何回か本当にひどい目にあった。子どものみなさんがもしこれを読んでいたら、その旨、肝に銘じてください。なお、以上のもろもろを踏まえた大人のわたしの結論としては、けっきょく、期日に出すのがいちばん健康にいい。ちなみにこの原稿の〆切は昨日である。

閑話休題。「ねむい」もまた、定石のひとつだ。いつでも言えるし、傍目には真偽がわからない。それになんとなく、「身体のことならしょうがないか」という雰囲気が出る。三音で済むという発話コストの少なさも魅力。

だから生徒がそう言ったとき、ほんの一瞬、警戒した。それがわたしを出し抜くための言い訳なのか、それともただ本当に眠いだけなのか、わからない、と思った。しかしとっさにそれを受け入れることにしたのは、もし、その子の「ねむい」を疑ったとして、そのあとに自分の言えることがなにもないのを、そのとき直感的に悟ったからだった。それは百戦錬磨の悪い子どもとしての経験からでもあったし、そしてそれ以上に、本を読むときの経験からだった。

そう、まず書かれていることを真に受けるのでなければ、その次の「書かれていることから推測をする」ことの、スタートラインにすら立てない。

このあいだ、両親と北横岳に登った。初心者向けの楽な登山道らしかったけれど、とはいえやはり山頂に着くのはうれしくて、そしてやはり帰りの車ではくたびれきっていた。もともと夕方には家に戻る予定だったはずが高速道路がひどく混み、下道に降りたものの なんだか後手後手に回った感じで、ようやく帰りついたときには夜の十時を回っていた。

玄関の扉を開けると、リビングは真っ暗だった。わたしたちは顔を見合わせる。アウトドア嫌いの弟がひとり家で待っていたはずで、その気配がない。母が二階に向かって「ただいまーっ」と呼びかける、すると、ドタドタドタッと階段を降りてくる足音がした。なんだ、自分の部屋にいたのか、と納得した瞬間、弟が勢いよくリビングに入ってきて、空気がさっと冷たくなった。

ひと目でわかる。ぶちぎれている。

ふたたび母がおずおずと「遅くなってごめんね、ご飯どうした?」というのだったが、「別に。食ってねえ」と目もあわせない。やっぱりそうだ。ぶちぎれている。こういうときのわたしは無力で、賑やかしに「イェーイ」と発声するものの、弟が舌打ちしたのですぐその線で行くのを取りやめる。父は長時間の運転で疲労困憊、もうほぼ寝ているに等しく、それどころではない。気の毒なのは夫で、義理の実家にへとへとで帰ってきたら義理の弟がぶちぎれていたという状況に、一旦手を洗いに行ってしまった。みんながみんなガタガタしているのを察してか、弟がため息をつく。

「マジで別に、腹は減ってるけど、飯とかどうでもいいから。ただ山行くって言ってたし、夕方帰るって言ってたし、連絡もなく、こんな時間になって、なんかあったのかな？　って思わないほうが、おかしくね？　普通に心配したから。別にそんだけ。連絡ぐらいしたら？」

わたしたちはもう一度顔を見合わせる。ぶちぎれている。しかも、正しい。

そのあと、わたしと夫とが弟をそうだなそうだなとなだめ、弟も（わたしはともかく）夫には強く出られないというので、なんとなく場はおさまった。しかし、今度は母のほうがなにか不満そうにしている。弟のいない隙に言い分を聞いたところによれば、こうだ。

「結局、自分がほっとかれた感じがして、さびしかっただけでしょ。なんであういう伝え方しかできないの？」

そしてややこしくて申し訳ないが、今度はそれが、わたしの癇に障った。伝え方はともかく、どうして弟の「心配した」という言葉を、一度正面から受け取ってやれないのか、と思った。そこでわたしが怒るといよいよ総当たり戦がはじまるため、さすがに静かにしていたけれど、内心、どうにも釈然としないままだった。

いまになってわかる。これもまた、言葉の問題、読むことの問題なのだ。弟があんなに怒りながらも伝えたことを、どうして母は「さびしかった」などという一度も出てこなかった言葉におさめようとするのか、そのことに納得がいかなかった。もしも怒りの裏に本心なるものがあるとしても、そして仮にそれがある一語であらわせるとしても、それは弟の言葉として発せられるほか、わたしたちに出会う方法はないはずなのに。

なにも、言葉として出てきたものがすべてだと言いたいわけではない。言葉にならないものは、もちろん、山ほどにある。しかし、言葉になったものはあくまでその言葉のかたちで、そして、言葉になっていない膨大なものは、同じようにその膨大なままのかたちで、どうにか受け取ろうとすることはできないものだろうか。

「ねむい」はどうだろう。意外なほどに早く寝息を立てはじめた生徒を見ながら、考える。迷ってしまったけれど、案外、本当にただただ眠くてどうしようもなかっただけかもしれない。それならそれで、疑わずにすんでよかった。それに、「ねむい」の陰にきっと、こんなに小さな言葉にさえ、なにかわたしには計り知れない、膨大なものがあるのだ、とも思う。そうならばなおさら、疑ったところで、なんともならなかっただろう。つまり、「ねむい」と言ったことからは、「ねむい」という意味だけを受け取るほか、わたしにできることはないのだ。そのことがせめて、言葉になっていないものたちへの敬意を持った態度であることを願いながら。危ないところだった。正直に言えば、いっときは「やりたくないだけでしょ、ほらがんばって」なんて言葉が、頭をよぎっていた。わたしもまた、いうまでもなく矮小なわたし自身の手のひらでもって、言葉をひどく握りつぶしてしまうところだった。

ならば、やはり、眠ってもらうしかない。そしてそれは、彼に勉強をしてもらいたいというわたしの思惑と、最終的なところでは矛盾しないはずだ。「ねむい」が、それは眠気そのものにしてもそうだし、なによりその子の口から出てくる「ねむい」という言葉が、なんらかの形で終わってからしか、次には進めない。それなら、椅子を並べたベッドぐらい、いくらでも使わせてやる。

生徒は結局、授業の最後の十分を、そのまま眠って過ごした。「次回はめっちゃ寝てから来て！」と言ったら、目をこすりながらうなずいた。子どものわたしの数々の勝ちを思い出して、おかしくなる。これは、堂々たる負け。先生のわたしの、誇りある、膨大で美しい現実のための負け。

# しゃべれない

失礼セレクションというのがある。本当はない。わたしが作った。

ルールはかんたんで、失礼だと思った発言を、心のなかで金賞に認定するのだ。とくに公表するわけでもなく、友だちに話すことさえない、もちろん本人にも伝えない、わたしの中だけで完結している。急に失礼なことを言われると、びっくりして頭がまっさらになってしまう。その場で気持ちよく言いかえせた試しはなく、そのくせ家に帰っても執念深く覚えている。そういうときに、お菓子の箱に貼ってあるような金色のシールをうやうやしく授与する想像をして、溜飲を下げているのだ。暗い趣味である。

初代受賞者、というか失礼セレクションの発端は二〇二一年のこと、カレー屋さんで後ろの席に座っていた知らない男性で、急にわたしの肩を叩いてひとこと言ったことには、「あのさ、申し訳ないけど、ちょっともうしゃべるのやめてもらっていい？」。堂々の金賞。

念のため申し開きをしておくと、わたしとそのとき一緒にいた夫とはそんなに大声でしゃべっていたわけでもなく、なにかの悪口を言っていたわけでもない、しゃべる量にしたって食べる手を止めずにすむぐらいでしかない。店内にはほかにしゃべっているお客さんもいたし、店員さんは水を注ぐときにわたしの服を褒めてくれたくらい愛想がよかった。それでも隣にいたらうるさくて気に障った、ということもあるかもしれないけれど、それにしたって罰が重すぎる。人から「もうしゃべるのやめて」と言われることなんかそうそうない。

しかしくやしいことに、わたしと夫は完全にびびってしまい、それきり言いなりに黙ってしまった。思い出しても憎たらしい。「申し訳ないけど」という気づかい風の語り出しも、それでいてしっかりタメ口なのも、「もう」という広範囲攻撃的な副詞も、くまなく失礼でいっそ感心する。ということでその感心から、失礼セレクションがはじまった。

そして二〇二二年の金賞は、当時勤めていた会社の人のひと言に授与した。これだ。

「発達障害でも比喩ってわかるの？」

これは前年よりも繊細な味わいがあってよい。腹が立つというより、しみじみとその失礼さを噛みしめたくなる。わたしが詩人で、かつ発達障害者であることを、存分に失礼に活かしている。まったく知らない人から受ける失礼より真に迫るものがあり、さらにわたしは年下なぶん言いかえしづらく、立場の利を活かした受賞と言っていい。言われたときも笑ってしまった。疑問文だったのでいちおう、「新しい比喩を作るというのは、共有できるかわからないような個別の現実を書こうとすることで、どちらかというとむしろ自閉的だと思いますよ」と返したけれど、あまりよく伝わっていないみたいだった。

「人としゃべれなくなったから」というのが、アオさんが教室にやってきた理由だった。はじめの面談に来たとき、アオさんは確かにあまりたくさんはしゃべらなかったし、ずっとかすかに身をちぢめていた。アオさんが話せなくなった理由を詳しく書くことはしないけれど、ともかく結果としていまは学校をお休みしていて、もうすぐ新しい学校へ編入することが決まっているという。そして引っ越しまでの数か月で、少しでも自分の心のなかを表現できる言葉を取りもどしてもらえないか、というのが、お母さんからのメールに書かれていた要望だった。

それからずっと、自分がアオさんにできることはなんだろうと考えている。文章を書くよう勧めたり、それがより書きたい形に近づくよう手助けしたりすることはできる、助詞の使い分けや言葉の意味を教えることもあるだろう、そもそもどうやって勉強を進めるのか、さらにそもそもで言うならばなぜわたしたちは勉強するのか、なんて話をすることもあるし、それよりももっと他愛ない、ただのおしゃべり相手になることもあるだろう。けれど、自分がアオさんにできることはなんだろう、と思う。そしてその疑問文も、まだ正確ではない。正しくは、こう思う。

言葉が、アオさんにできることはなんだろう。

実際、国語教室を開いていると話すと、ときどき褒められる。いいですね、人とのコミュニケーションだって言葉ですもんね。国語の力は大事ですよね、対話をするためには必要ですもんね。結局、いまビジネスで求められるのは、言葉のスキルですもんね。そのたび、わたしは半分はうなずきつつ、半分は口ごもる。わたしたちが他者と同じ世界を生きなければならないということ、そして言葉がそのためのツールとしての一面を備えているということに異論はない。そのとおりだと思う。けれど同時に、そのことにうなずいている自分というものが、どうも覚束ない。

なんといっても当のわたし、失礼セレクションなんて言っているくらいだから、口が裂けてもコミュニケーションに秀でているとは言えない。これで言葉を学ぶことがコミュニケーションの役に立つなんて言いはじめてしまったら、ちょっといんちきすぎる。自分の仕事の有用性の、自分が歩く反証である。困った。「しゃべるのも言葉の力のうち」というのも事実ではあるのだから、集客のためにはうまいこと言っておけばいいのだけど、なにより自分がうそをつくのに堪えられない。そのことがわたしのしゃべり下手の根幹にあると言っていい。だから面談では、かろうじてこう言った。

「わたしは、うまく言葉が出てこないこと自体は、そんなに悪いことだと思っていません。むしろ、すぐには言葉にできないくらいのいろんなことを考えたり、感じたりしている証拠だと思っています。けれども同時に、言葉にして誰かにわかってもらいたいとか、言葉にならないのが自分でしんどいという気持ちもあると思うので、どうやったらそこをうまくやれるのか、いっしょに模索していけたらいいな、と思います」

自分でも頼りない答えだと思うけれど、わたしの言うことをアオさんは黙って聞いていて、それから隣に座るお母さんのほうを見た。それで、かはわからないけれど、とにかくその面談で、アオさんは教室に通ってくれることになった。

それで、あらためて二〇二二年の金賞のことを考えたくなった。たしかに、その人の疑問もわかるかもしれない。コミュニケーションの機微のわからない者に、比喩という遠まわしともとれる表現がわかるのだろうか、と言いたいのだ。

確かにわたしは、「トイレを掃除してね」と言われたらトイレだけを掃除して、トイレの前の廊下がどれだけ汚くても気にならないし、「気つかわないでゆっくりしてて」と言われたらそうですかあと座ってしまう。ちなみに、上記二例をここにこうして書けているのは、きちんと考えればわかるから、ではなく、実際に注意をされたからである。そんなもんかと思っていながら、どこかでまだ釈然としていない。ある言葉の意味をそこまで恣意的に引き延ばすのはズルじゃないかと思っている。

そう言うと、いやいや、比喩も似たようなことをするじゃないか、と言われるかもしれない。たとえばこんな詩がある。

水草の手　　大手拓次

わたしのあしのうらをかいておくれ、
おしろい花のなかをくぐつてゆく花蜂のやうに、
わたしのあしのうらをそつとかいておくれ。
きんいろのこなをちらし、
ぶんぶんとはねをならす蜂のやうに、
おまへのまつしろいいたづらな手で
わたしのあしのうらをかいておくれ、

水草のやうにつめたくしなやかなおまへの手で、
思ひでにはにかむわたしのあしのうらを
しづかにしづかにかいておくれ。

比喩のオンパレードのような詩だ。ひとつひとつの喩えが豪奢で、「あしのうらをかく」という行為とは不釣り合いに思えるのがいい。さらにいえばその不釣り合いさによって、「あしのうらを」「かく」ということ自体、なにかほかのことを喩えているように思えてくる。これと、「気つかわないでゆっくりしてて」と、どちらが言葉の意味を剛腕でもって引き延ばしているかと言われたら、たしかに迷うところかもしれない。

これがコミュニケーションでおこなわれたら、怖い。「わたしのあしのうらをかいておくれ」と言われたら、わたしはたいした疑いも持たずそのままに受けとり、へえ、と言ってかくだろう。それを、「発達障害だから、比喩がわかっていない」といわれたら、まあ、そうなのかもしれない。

しかしわたしは、本当にわかっていないんだろうか。「わたしのあしのうらをかいておくれ」の一行が、実際この詩のなかではそれだけのことしか語っていないことを思うと、では「気つかわないでゆっくりしてて」にはどうしてそれ以上の、つまり「とはいえ常識的な範囲で、手伝って」というようなことが語れるんだろうか、と思ってしまう。あえて強気で言わせてもらおう。わたしは、「比喩がわかるのに、言われたことがわからない」のではない。かといって、「比喩も、言われたこともわからない」というのでもない。「比喩がわかる程度には、言われたこともわかって」いる。それなのになお、失敗するのだ。

コミュニケーションに失敗して反省するとき、わたしはふつうこんなふうに思う。ああ、「気つかわないでゆっくりしてて」という発語は、そのまんま「ゆっくりしてて」という意味ではなく、「（ふつうの人なら気をつかうほどに）こちらは大変なのだから、手伝って」という意味だったんだな。読みそこなった。

けれど、それでもまだ足りなかったのかもしれない。実際のところ会話がおこなっているのは、その会話を超えた長期的な関係を持つことの提案、つまり、「わたしと友好な関係を築くのに最善の選択をしなさい」というような指示なのではないか。

そう思うと、やっぱり比喩やその他のレトリックとは違う。わざわざ言うほどでもないこととして、書かれたものはわたしに決まったリアクションを要求しない。ある読み方や見方、ときには暮らし方を要求することはあるかもしれないけれど、それは読み手がそれぞれ世界に対して行うことであって、書かれたものに対して行うことではない。だからより正確に言えば、書かれたものはわたしに関係を要求しない。「気つかわないでゆっくりしてて」が、なにより発話したその人との関係を要求するのとは対照的に。

アオさんにはとりあえず、来るたびにまず日記を書いてもらっている。アオさんの日記はおもしろい。日記だというのに話題が急に先週のことに飛んだり、口内炎の細かな観察、数や場所や大きさとその経過、が突然ずらーっと続いたりする。ほとんど添削はしない。代わりに、書き方ではなく、書かれた内容についておしゃべりをする。それから文法の問題をやって、余った時間は本を読んでもらって、本についても少しおしゃべりする。それでおしまい。国語の先生というには他愛ないことばかりしすぎじゃないか、と、自分でも少し思っている。面談のときとは違って、アオさんはよくしゃべるようになった。しゃべりながら、おもむろにカバンから大袋に入ったかにぱんを取り出して、ぜんぶ平らげてしまう。かにの足の部分をむしって食べようとして、身体の部分まで少し欠けたのを、ああかわいそう、かわいそうと言って食べる。わたしはアオさんのことを、自分に似ていると思うことがある。それでいて、あまりに自分と違うのに、驚くことがある。アオさんになにか言うときには、発話するこのわたしとの関係をできるだけ要求せずにいたいと思う。おそらく完全にはむずかしく、そしてこれからアオさんに言葉の外で要求される、たくさんのむずかしい関係、悲しい関係、痛い関係について考える。言葉ができることはなんだろう。

卒業生のワカさんが遊びにきた。アオさんのように新しく生徒が来てくれるのもうれしければ、卒業生がふたたび来てくれるのもうれしい。ワカさんは教室でときどき詩を書いていて、中学に上がってバンドをはじめ、最近は歌詞を書いているという。

「あっ、てかさあ。前ここで書いた詩、学校で国語の先生に見せた」

「あら、いいじゃん、見せられる先生がいて」

「うーんまあ、別にそれはいいんだけど、なんか直された。どう思う?」

その詩というのが、ワカさんもわたしも、かなり気に入っている一篇だった。

のんびりな日

今日は神様がいいよといったから
ねぼうした
ヨーグルトをたべて
団地に出かけた

十時からなのに十時半についた
団地の日中だから
おばあちゃんがいっぱいいいた

おそくついたから
みんなはあそんでた。
そのうち私もみんなとあそんだ

私たちが走ると
「まったくあぶねぃんだからよぉ」
とおこるおばあちゃんがいた
むかついて
録音しようとしたけど
できなかった

ブランコでたくさんあそんだ
そしたら
おちた

指が
くさりにはさまって
左手の小指と
薬指から
ちがでた

中指がはれてうごかなくて
おったかもと思ったから
「様子みよ」って
いわれるのを
かくごして
おかあさんに

いってみた
やっぱり
「様子みよ」
だった

いい詩だと思う。素朴にはじまったと見せかけ、少しずつ日々の生々しいあやうさに満ちてきて、読むほうを安心させない。おばあちゃんやおかあさんの存在感もいい。ところが学校の先生には、おばあちゃんに怒られ、それを録音しようとする、というところの是非が気にかかったらしい。「ここが気になって、怒る人もいるかもしれないから」というような言い方で、その箇所を削除するように勧められたという。

「ええ。君的にはどうなの?」
「うーん。なんで? って思う」
「うーん。わたしもそうかな」

なるべく穏やかに返したものの、じつは内心、「そうかな」どころではなかった。許せん、と思っていた。このおばあちゃんとのやりあいは、たしかにこの詩を複雑にしている。ここで「むかついて／録音しようとした」ことが、詩の主人公、この詩の場合はワカさんを、単なる被害者でいさせない。しかも、結局それに失敗する。この妙にシビアな現実との距離感が、この詩の魅力である。

そしてそれ以上に、詩の表すことよりも他人のほうを、それも「いるかもしれない」程度の不特定な他人との関係を優先しようとする、その読み方がつまらない。SNSに上げるのと、ひとりで詩を書いているのとは違う。書くことが他人を不快にさせないためであるのなら、なにも書かずにいることしかできない。それなのに、ワカさんがひりひりした現実の一線へ踏み入ったのを引き戻すようにして、無難な、わかりやすい像に書きかえさせようとするなんて。ワカさんの書いたものや視点に対して、なによりもそうだ、失礼！

こうして二〇二三年の金賞は、会ったこともない中学校の先生に贈られた。おめでとうございます。失礼セレクションのいいところは、まずわたしのほうがかなり失礼なところである。言い忘れていたけれど、というかもうおわかりのことだと思うけれど、わたしが他人に対して失礼な態度をとらずにいられるわけではない。なさすぎる。

だから書いたり読んだりすることの、なにより、人間関係でないところが好きだ。読んだ内容に対して自分の考えが出てきたり、ときに書いた人を親しくも、また疎ましくも思えたりするところは、コミュニケーション的であると言っていいかもしれない。けれど同時に、それは関係ではない。わたしたちがお互いになにも要求しないかたちでいられるのはそこだけで、そしてそこでだけわたしたちがやりとりできることがある、と思っていて、だから言葉のことが好きだ。ワカさんが自分のするどい部分を見事に書いてみせたように、自分や誰かの簡単にはいかない部分、うまく説明できない部分が、書かれた言葉のなかではきらっと輝く。金賞！　そしてそのためにわたしは書き、そして書いてほしいと思っているのだ。あいまいな「いるかもしれないだれか」との関係をできるだけ長く良好に保つために、ではなく、だれとも共有できないような現実に、ひと足ひと足近寄っていくために。

そうして、意味を引き延ばすように書かれたわかりづらいものがときに、しかし胸を搏つほどこちらへ伝わることがある。矛盾しているみたいに思えるかもしれないけれど、そういうときにわたしは、この失礼なわたしは、失礼な人間のなかで暮らすことを、まだあきらめないでいてみたいと思うのだ。

待つ　石原吉郎

憎むとは　待つことだ
きりきりと音のするまで
待ちつくすことだ
いちにちの霧と
いちにちの雨ののち
おれはわらい出す
たおれる壁のように
億千のなかの
ひとつの車輪をひき据えて
おれはわらい出す
たおれる馬のように
ひとつの生涯のように
ひとりの証人を待ちつくして
憎むとは
ついに怒りに至らぬことだ

日記を書きはじめると、アオさんはなにもしゃべらず、いっぺんに最後まで書く。わたしはそれを横目で盗み見ていて、終わったらなにを話そうか考える。うまくしゃべれないから、だけではなく、単に人間のなかにいるから、というだけで、アオさんも、ワカさんも、わたしも、これから何度も痛い思いをするだろう。そして言葉を身につけることは、ときにそれを防げないだろう。アオさん、けれどもわたしはときどき、本当にときどきね、書くことが他人をいい気持ちにさせるためではないのと同じに、生きていくことは、痛みを減らすためではないのかもしれないと思うよ。けれど、ではなんのため、と尋ねられたら、なんと答えることができるだろう。そのことを考えながら、アオさんが書き終わるのをじっと待っている。アオさんの書く文字は太く、力がこもって、ひと文字書くごとに、次のページに文字のかたちが彫り込まれる。日記を書き終わるといつも、アオさんは笑ってページをめくり、どこかほこらしげにその傷跡を見せてくれるのだ。そして、うっすらと凹凸のついたそのページもまた、つぎの日記が書かれるのを待っている。

# ひとりで学ぶことについて

「ことぱ舎」という名前の国語教室を創設してしばらく経つ。このごろ、教室にはときどき、取材がやってくるようになった。ことぱ舎は四、五人も入ればいっぱいになってしまう小さな部屋で、取材班の人たちがぞろぞろ入ってきたときのその「いっぱい」感だけでもう、わたしはドギマギしてしまう。ふだん子どもか学生ばかりが訪れる部屋に大人が何人も入ってくると、ふしぎとみんな背が高く見える。反対に、教室のほうはふだんより狭く感じる。こんなにも非日常。しかし取材班の人たちはまさに「日常」を撮りにきているのだ、という、そのズレも落ち着かない。

わたしがそんなふうにそわそわしていたせいか、その日、生徒もひどく緊張しているようだった。普段はよくしゃべる六年生が、その日は用心深い目で辺りを窺い、はにかんだまま黙っている。彼女にも二、三の質問をしたいらしい、ということは、事前に伝えてあった。

「ことぱ舎にはいつから通っているんですか?」

「……二月……?」

目を空中に泳がせてからわたしのほうを向き、「だよね?」と確認する。「です!」と答えると、彼女も「です」と言いなおす。

最初はそんな調子だったけれど、さすがに相手もプロで、そのうちだんだんおしゃべりがスムーズになってくる。「勉強は楽しいですか?」「楽しいー。なんか、自分のペースでできるし、雑談もしてるし」よかったよかった、と思って横目で見ていると、話題は作文のことに移っていった。実はわたしとしては、作文も教えるけれど文法や受験勉強も教える、その両方を同じ場所で行っていることをなにより重要視しているつもりなのだが、やはり「詩人の国語塾」という印象が強いのか、取材では作文指導のほうが注目されやすい。そのときはちょうど、彼女がジェンダーについての作文を書き上げたばかりだった。

「作文、書けたときはやっぱりうれしいですか?」

「うん。うれしいです」

「この作文も、先生のおかげで書けたのかな?」

あっ、と思った。あっ、ちょっとイヤな質問だな。生徒のほうからその言葉が出てくるならまだいいけれど、なにもないところから「先生のおかげ」という言葉を引っぱってきてくっつけるような訊き方は、いくらか乱暴に思える。しかもインタビューはわたしが見ている前で行われているんだし、子どもというのはときにびっくりするほどこちらに気を遣うものだ。実質、一択しか答えようがないような質問になってしまうんじゃないか。そのほかの取材はとても良心的だったぶん、かえってその一問が気にかかった。

とはいえ、割って入るわけにもいかない。それはそれで、わたしのやりたいほうに会話をコントロールすることになるわけで、それもまたあまりやりたいことではない。それで、むずむずしながらも、黙っていた。

訊かれた生徒もまた、しばらくなにも言わなかった。質問の答えを考えているというよりも、そもそもなにを訊かれているのかがよくわかっていないように見えた。

「………?……はい……」

首をかしげるような、小さな返事だった。煮え切らない雰囲気を感じとったのか、インタビュアーもそれ以上そこにこだわることはせず、後日掲載された記事にもそのやりとりは載らなかった。取材が終わったあと、彼女に「なんかイヤなことなかった?」と訊ねると、「載せるなら盛れてる写真にしてほしい」とのことだった。

思い返すと笑ってしまう。あの釈然としない顔。そしてそれが、わたしにはうれしかった。一応、おそらく気を遣って「はい」と答えてはくれたものの、この人は、あくまで自分の力で作文を書いたと思っているんだな。

実際のところ、正直に言って、そのときの作文はかなり教えたという自負がある。本当はもう少し静観していなければならなかったところ、彼女の意欲にほだされてつい教えすぎてしまった、と反省していたほどだった。しかしそれでもなお、「先生のおかげ」と言われて首をかしげるだけの余地が、彼女のなかには残っていたのだ。


文化人類学者の原ひろ子さんのエッセイ『子どもの文化人類学』に、好きなエピソードがある。カナダの北西部にヘヤー・インディアンという狩猟採集民が住んでいる。原さんは彼らの社会に入り込み、十一か月を共に暮らして実地調査を行う。ときに「カルチュア・ショック」を感じながら、そこに通底する他者の論理までもを、静かな観察によって明らかにしようとする。

その中で、ヘヤー・インディアンに「教えよう・教えられよう」とするような行動がみられないことに気づく。ムースを狩ってきた男や斧を使う子どもに「だれに教えてもらったの？」と訊ねると、誰に聞いても「自分でおぼえた」という答えが返ってくる。原さんが折り鶴を折っているのを見ても、ヘヤー・インディアンの子どもたちは「教えて」とも「もっとゆっくり」とも言わない。ただくりかえし折るように頼み、そのうち、自分でも紙をとって折りはじめたという。そのような質問と観察とをくり返し、至った結論はこうだ。

ヘヤー・インディアンの文化には、「教えてあげる」、「教えてもらう」、「だれだれから習う」、「だれだれから教わる」というような概念の体系がなく、各個人の主観からすれば、「自分で観察し、やってみて、自分で修正する」ことによって「〇〇をおぼえる」のです。

わたしの好きなのは、このあとだ。厳しい冬に備えて、原さんは雪上を歩くための「かんじき」を作ってもらう。しかし、履き方がわからない。越冬に対する不安もある。誰かに教えてもらおうとするのだが、「こんなことは、教えたり教えられたりするものではない」と言われてしまう。おまけに、雪が降る前にかんじきを履こうとしていることを大笑いされる。そのまま原さんは冬を迎え、しかたなく見よう見まねでかんじきを履き、歩き方やターンの方法まで、なんとかマスターしてしまうのだ。原さんには生き死にさえかかった切実なことだったろうに、なぜか笑えるこのエピソードは、このように締めくくられる。

こうなると、「かんじきのはき方を誰にならいましたか」と聞かれた場合、私だって、「自分で覚えたんです」と胸を張って答えるほかありません。

「えーっ、くじらさん慶應？　どうやって慶應なんか入ったの？」と聞かれて、「勉強したんです……」と答えたことがあった。胸を張って、という感じではまったくなかったし、答えながらもすでに自分としては不完全な答えだったのだが。

会社勤めをしていたころの先輩にされた質問で、そのひと言の中に、「高学歴」というめずらしい動物を見る好奇のまなざしと、かすかな疑心がこもっているのが伝わってきた。答える一瞬前に頭に浮かんだ答えは、「親が学費を出してくれるような家に生まれて、関東に住んでいて、そして、勉強したんです」というようなものだったけれど、そちらのほうがかえって悪い結果を招くことをとっさに判断した。なんでもかんでもいけるところまで偽りなく答えればいいというものではない。人は天気や体調次第でそういった判断ができることがある。渾身の及第点だったが、先輩は興味なさげに、「へえ」と答えた。

このつまらないやりとりを、最近になってふと思い出した。中学生が自学自習をするための教材リストを公開したときだ。

フリースクールの学習支援に関わるようになって、そこで学校の教材を使った自習をし、苦戦している中学生たちの姿を見た。学校の教材はあくまで集団授業で使いやすいように作られていて、自学自習には向かない。学校に行かない勇気ある選択をした中学生が、しかしそこで勉強までやめてしまうのではなく、みずから学びはじめること。大げさでなく、そこにこそ人間の美しい姿があると思った。だからこそ、そういうとき真っ先に彼らの手が届くのが、自習に不便な教材であることが悔しかった。ひとりで学ぶという選択そのものが構造からして否定されているとは思わせたくなかった。

　そこで、ひとりでゼロから学ぶための教材リストを作ることにした。わたしにはわからない科目までカバーするために、自分が習った「嚮心塾《きょうしんじゅく》」という個人塾の塾長に監修に入ってもらった。わたしは、色めきたっていた。嚮心塾もまさに自学自習形式の塾で、なにを隠そう、わたしはそこに通いはじめるまで、一切勉強ができない学生だった。それに、死んでもいいと思っていた。座って授業を受けることも嫌いだったし、学校という共同体も嫌いだった、教師も同級生も嫌いだった。だから、授業をおとなしく座って聞き、ほかの人たちと足並みをそろえて競争し、承服しがたい国語教師の解釈を丸暗記させられなくとも勉強できるなんて、夢のようだった。偏差値は倍くらいになり、死にたいとしても、生きねば、と思った。自分はなにもできなかったのではなく、なにもやっていなかったのだ、と悟ったからだったと思う。つまり、「ひとりで勉強する」を守り抜くことは、まずわたしにとってもどうしても重要なことだったのだ。

万感の思いをこめてリストを公開すると、お世話になっている数学者の谷口隆さんからメールが届いた。「子どもの基礎学習は、それをsuperviseしている大人がいないと、自学自習というのはなかなか難しいのではないかと思っています」という、的確で親切な、そして、手痛い指摘だった。はじめ、とっさに、いや、ひとりでも勉強はできるはずです、そうでなくては、と返事をしたくなった。

けれど、そのすぐあとに思い直した。

そうだ、わたしも、ひとりで勉強したわけではない。わたしには先生がいて、まちがいなくその「supervise」を受けていたのだった。どうして、ひとりで勉強したなんて思っていたんだろうか。ああ、どうしてあのとき、あの先輩に、「勉強したんです」なんて言い切れてしまえたのだろう。

ところで、TBS「水曜日のダウンタウン」で芸人のかまいたち山内さんがしていた話が忘れられない。「これまでで一番スゴいと思ったコメント」を紹介する企画だった。バラエティ番組で激辛のラーメンを食べる人の顔を「ミスチルの桜井さん」に喩えたコメントがすばらしかった、という。そしてなんと、それがあんまりすばらしいために、その場にいたかまいたちの濱家さん、そして山内さん自身まで、お互いに自分がしたコメントだと思い込んでいた、というのだ。

奇妙な現象だ。そんなことあるのだろうか、と思う一方、しかし、確かにあるような気もする。本を読んでいて、あまりに深く納得すると、それがはじめから自分の考えであったような気がしてくることがある。このあいだ本書編集者の北尾修一さんと対談していたら、北尾さんが「これは僕が言ったか、向坂さんが言ったかわからないんですけど……」と前置きをしてから話し出して、聞いてみると確かに、言ったような気もするし、言われたような気もすることだった。そしてそうなってしまった以上、互いにわからないのなら、もうどちらが言ったのでもよかった。編集という仕事をしていると、その現象はよく起きるのだという。

ふりかえって思う。わたしは、自分の先生に教わったことに心から納得するあまり、それが自分の考えたことか、先生の考えたことか、見分けがつかなくなっているのではないか。自学自習形式という特性上、塾では「学習」そのものというよりむしろ「学習法」のほうを教え込まれていた。なにをもって「覚えた」とするか、なにをもって「読めた」とするか、つまずいたときにはまずなにを検分するか、覚えても覚えても忘れることをどのように受け入れ、対処していくか。そしてそれ以前に、どのように勉強時間を確保するか、モチベーションをどのように取り戻すか、そもそもなぜ勉強するのか。それらすべて、確かに教わったことであったはずなのに、やはりどこかで、自分自身で習得したものである、という気がしている。

そして、わたしはひとりで勉強してきたのだ、と、いまでも思えてしかたない。

結局のところ、勉強をするということは、最終的にはひとりなのだ。

原ひろ子さんが「教える」という言葉を持たないヘヤー・インディアンの文化の中で体感したことは、しかしわたしたちにおいても同じである。教える側がいかにたくさんのことを知っていたとしても、そしてそれをどれほど惜しみなく教えようとしていたとしても、最後にはわたしが自ら学ぶことしかできない。受験期間、そのことがなにより苦しく、おそろしかったのを覚えている。試験会場に赴くのは自分の身体だけであるということに象徴されるように、学ぶ自分がつねにひとりであることを、その先生はわたしに忘れさせないでいてくれたのだった。その孤独の感覚が、ひるがえって、わたしをずっと励ましてきたように思う。もちろん、それ自体がまず適切な「supervise」によるものだったのであって、その重要さを否定することはできないとしても。

教わって学び、またわたし自身も教える仕事をすることを選びながら、ひとりで学ぶ力を信じようとしている。そのことに矛盾がある、といえば、あるのかもしれない。けれどもまた、教える立場に立たされてみてなお、まず生徒たちにひとりで学ぶ力のあることを信じていなければ、教えることなんて到底できない、とも、このごろ強く思うのだ。
ヘヤー・インディアンの驚くべき「教育」のありようを、（自分とは関係ない）異なる文化として片付けてしまうことも容易いし、反対に「教える／教わる立場からの脱却、これこそが教育の本質だ！」とおおげさに読み替えて、逆張りに利用することも容易い。そのどちらにも偏らずにすむように、最後にはひとりで学ぶことしかできないわたしたちが、しかし教えようと／教わろうとする、とはどういうことなのか、いまはそこに居とどまっていたい。
原ひろ子さんはまたこうも書いている。

ヘヤーの子どもたちが、折鶴を覚えるときには、その紙と子どもの間に強い交流が存在するのであり、彼らは、私と紙との間にある交流（つまり私が折紙を折っている状況）を、自分で再現しているといえると思います。ですから、子どもと私の間の交流は彼らにとって、主観的には重要でないのです。

とても重要なことが書かれていると思う。言い換えれば、学ぶ内容と生徒の間の交流が重要なのであって、先生と子どもの間の交流が重要なのではない。深く納得され、体得されたことにとっては、もはやどちらが言いはじめたことでもかまわない。つまりわたしにとって、生徒に好かれているか、尊敬されたり感謝されたりしているか、そして、「このことは先生に教わった」というふうに覚えられているか、ということは、まったく重要ではない。教えるわたしにとって重要なのは、いかに生徒と世界とのあいだの関係を結びなおせるか、ということなのである。

だから、胸を張って答えてほしい。この作文はわたしが書いたのだ、わたしが、わたしのおかげで書けた作文なのだ、と。これが、わたしの教える側としての態度の話をしているのではないのだということを、どうかわかってもらいたい。

わたしは、事実の話をしているにすぎない。

# ほら、フレディ

国語教室を開く前は家庭教師をしていた。国語専門の家庭教師を雇う家というのは、だいたいわたしの見慣れた生活から離れている。ほとんど必ず庭があり、ときどき家のなかにエレベーターがあって、二軒に一軒くらいは家事代行を雇っていた。そのなかでもよく覚えているのが、一階が病院になっている家の子どものことだ。

子どもはユーさんといって、小学校六年生の女の子だった。学習机の前に貼られたカレンダーを見ると、月曜日に国語を教えるわたしがやってきたあと、火曜日から金曜日にはそれぞれ別の教科を教える家庭教師がつぎつぎ来ることがわかった。算数の先生は厳しくてキライ、ネイティブの英語の先生はよくわからない、もうひとりの英語の先生はなにをしても怒らない、とユーさんは言った。

二時間の授業をはじめて一時間経つと、家事代行の女性が紅茶とチョコレートを持って部屋に入ってくる。ひとつずつ銀紙につつまれたそのチョコレートを、ユーさんは口をあけて食べさせてほしがった。毎回「なんでよ、自分で食べな。わたしのぶんもあげるから」と断りながら、先生というのは、これで合っているんだっけ、と思った。わたしの力でこの人にできることをなるべくしてやりたいとして、それはチョコレートを食べさせてやることなんだっけ、断ることなんだっけ。

それ以外のことでも、ユーさんとはよくやりあうことになった。叱った、というよりは、やりあった、というほうがしっくり来る。ユーさんは油断するとポケットからわたしのスマートフォンをスリ、勝手にカバーにシールを貼る。宿題をすることと引き換えに、わたしに「このティッシュ甘いんだよ。ほんとだよ」とティッシュを食べさせようとする。トイレに行った隙にドアの外に「入らないで」と張り紙をする。わたしは貼られたシールをすり切れるまでそのままにし、ティッシュをもぐもぐ食べて、ユーさんは引いていた。ティッシュが甘いのは本当だった。張り紙をされたドアを勢いよく開け、眼光するどくこちらを睨んだユーさんに「入るなとは書いてあったけど、開けるなとは書いてませんでした!」と宣言すると、ユーさんはつかつか寄ってきて「あけるな　うるさくするな」と書き足し、音を立ててドアを閉めた。しかたなく体育座りで待っていると、しばらくして「なにやってんの?　漢字終わったよ」と声がかかって、なにもなかったように授業は再開した。

ユーさんはあらゆる勉強を憎んでいて、中でもいちばん憎んでいるのが作文だった。ときどき学校で作文の宿題が出ると、授業がまるまるそれでつぶれた。「わたしの将来の夢はお医者さんになることです」とはじめの一行を書いたら、それでもうえんぴつを放ってしまう。そしてわたしに、「ね、次なんて書けばいい?」とたずねるのだった。

この、「次なんて書けばいい?」には閉口した。「この漢字なんて読むんだっけ?」とか、『つれない』ってどういう意味?」とかいうのと同じくらいの気軽さで、わたしに続きを書かせようとする。初めのうちはいちいち、「きみねえ」と言って聞かせていた。「きみねえ。漢字やなんかは答えがあるもんだけど、作文はそういうわけじゃないんだから、訊かれてもわたしにはわかんないよ。意地悪してんじゃないんだよ。ほんとに知らないの。ユーさんが次なんて書いたらいいか、ユーさんしかわかんないの」

このころのわたしというのは、就職せずに大学を卒業してしまい、やむなく「詩人」と名乗りはじめたばかりだった。既卒として就職活動をしつつ、その間の糊口をしのぐためにしていたのが、この家庭教師のアルバイトだった。「社会」なるものからすっぽぬけてしまったことにうっすらと焦っていて、しかし、というべきか、だから、というべきか、書くことについてだけは小さくとも矜持を持とうとしていた。そこに内向的な人間の常である学校ぎらいのいきおいも加わって、少なくとも作文指導に関しては、そんじょそこらの先生にはできないことができるわよ、というような不遜さがあった。

勉強はできない、言うことも聞けない、ついでに友だちもいない、しかし読むことと書くことだけは好き。そんな少年期だけを経てきた者がまず思い描いた「いい作文指導」というのは、「あれこれ指図されずに、自由に書ける」というものだった。既存の構成やありふれたお題に沿ってしか書けないなんて、ばかばかしい。実用優先であるように見せかけて、実用にさえ足りない。わたしなら、誤字がどうとか常体と敬体の揺れがどうとかのつまらない赤ペンだけ入れて読めたような顔をするなんて、ぜったいにしない。どんなに破天荒な作文が提出されようと、わたしなら、きっとそのよさがわかる……

そこへ「次なんて書けばいい？」と来たものだから、参ってしまった。指図をしないでいるぞと息巻いていたのに、生徒のほうがその指図をほしがっている。どれほど言って聞かせても、結果はそんなに変わらなかった。ユーさんにとって、書くことはそもそもまったく楽しくも、自由でもない。わたしがよかれと思って話していた、「次になんて書いたらいいかは、自分にしかわからない」ということこそが、ユーさんには苦痛そのものなのだった。

やがて、わたしのほうが降参した。「はじめ・なか・おわり」や「起承転結」といった基本的な構成を教えて、一緒に構成のメモを書いた。ときには「わたしだったらこう書くかな」という言いかたで次の展開を提案した。そして、ユーさんがその提案を受け入れるたび、怖くなった。本来底なしに自由だったはずのユーさんをわたしが縛りつけて、彼女の書く機会を横取りしているような気がした。「訊かれてもわたしにはわかんないよ」というのは、説得して書かせたいために言うのではない。わたしの、悲鳴に近い本音だった。

ユーさんはそれから、わたしの暗い心情とは裏腹に、少しずつ作文を書くことをいやがらなくなった。しかしそのことさえ、結局あるやりかたを作業のようになぞらせてしまっているだけに思えて、煮え切らないままだった。

幼稚園の幼なじみ連中のグループLINEが荒れているのを見ながら、そのことを思い出していた。「一般的にご祝儀袋はいらないよ」というLINEが来た数秒後に、「祝儀袋選ぶの楽しいしね」とLINEが来て、ひとり目が「?」と言った。その何分かあとには、「我々はご祝儀袋でいこう」というLINEとほぼ同時に、「やはり袋はいらないね!」とLINEが来た。まるでまとまっていないのに、ふたりとも話がまとまったふうなのがおかしい。荒れている。

週末には、幼なじみのひとりの結婚パーティを控えていた。その準備のため、当人だけを除いて新たに作られたグループでの会話である。この「パーティ」というのがくせもので、ていたようだ。が、いまや、しかし披露宴的な意味あいは残っているらしい。招待状には「会費」の金額が明記されていて、それが一同をこれでもかと混乱させた。金額が決まっている会費なら、お祝いというよりはむしろ支払いに近く、袋に入れても受付業務を煩雑にするだけかもしれない。いやしかし、「式」でないとはいえ祝いの席ではあるのであって、むきだしの現金を持っていくのは失礼にあたるかもしれない……グループＬＩＮＥはその両者に分かれて紛糾の様相を呈し、ついにひとりが結婚する当人に電話確認をとるまでに追い込まれた。

わたしは、なんとなく感心していた。結婚式という儀礼にはなにしろ謎が多い。さだまさしがライブの合間のトークで「披露宴というのは本人のためにやるもんじゃないでしょ。あれは、遠方から来る田舎のおじさんのためにやるところがあるでしょ」と話していたとおりで、わたしもまた誰ともつかない誰かの言外の期待におされるようにして式を挙げたものの、自分ではきつねにつままれたような気持ちでいた。ブーケトスもケーキ入刀も半信半疑でこなし、しかしファーストバイトなる夫婦相互のケーキの食べさせあいだけはかたくなに拒否した。打ちあわせの段階で、食べないならばケーキはレプリカでいいのでは、という話になり、わたしと夫はプラスチック製のケーキに音楽に合わせて刃を入れ、ほほえんで刃を抜いて、五段のプラスチックはそれで役目を終えた。これに関しては、わたしたちも、それからプランナーさんも、本当によくわからなくなっていたと思う。

なかでも不審なのが祝儀で、あくまでお祝いの気持ちを自主的にあらわすものでありながら、持参はほとんど必須で、金額も何パターンかに決まっているという。単純な飲食代ではないものの、実際のところは飲食代として機能している面が大いにある。暗黙のうちにここまでルール化されたものと、祝うというかなり情緒的な行動が結びつくのがふしぎだった。

けれども、いざそのルールがなくなると、わたしたちはその「祝う」すらどうしたらいいのかわからなくなるのだ。どちらが適切かわからない以上、かしこまることも、逆にフランクにふるまうことも、心ぼそく思えてくる。祝うことはあくまで自分の気持ちに基づいていたはずなのに、たとえば仮に気持ちのままに祝うということがあったとして、それは「祝う」という行為とは遠く離れたものな気がしてくる。祝うことには、ある型のようなものが必要だった。そうして、グループＬＩＮＥが荒れたのだ。

作文にしても同じかもしれない。「型にとらわれずに書けている」と思っているときのわたしもまた、実際にはある型を参照しているのではないか、と思うことがある。自分の書くものの端々に時折、かつて暗記するほど読んだいくつかの詩や文章の気配が見える。

わたしの書くのは詩と散文で、定型のないものばかりだが、しかしこれまで読んできたものたちが、重なりあってある型をなしている。いわば、不定形の型、というような姿で。その名辞矛盾が、「自由に書く」の正体ではなかろうか。

書きたいことを自由に書けないから、しかたなく型が必要になるのではない。書きたいことを自由に書くためにこそ、まず型が必要なのだ。ユーさんの授業は無力感でいっぱいだったけれど、ユーさんはあのときわたしの知らぬ間に、書くことの手ごたえをつかみつつあったのではないか。

だとしたらなおのこと、わたしのなんという未熟さだろう。

「だからね、そのＬＩＮＥを見て、案外型というのも重要なのかも、と、最近思ったのですよ」

「はあ」

わたしが急にしゃべりまくったので、中学生のミヤさんは若干気圧されていた。ミヤさんは小学校の途中から学校に通っていない。だからもう五、六年、机に向かったり、文字を書いたりしていない。地域のフリースクールで学習支援に加わるようになってから半年あまり、他の中学生が勉強をしているときにも、ミヤさんが勉強しているところは見たことがなかった。そのミヤさんが、「決まったやり方を覚えるのがとにかく嫌い」と話していて、つい熱くなってしまった。その気持ちによくよく覚えがあったから、なおさらだった。

「わたし、国語の先生としては失格なくらい、書き順がだめなのですよ。別に、漢検受けるとかでない限りそんな正確に覚えなくていいのでは、と思ってる。だけど、見たことないような複雑な字を書かないといけないときは、やっぱり書き順の基本はわかってないと書けないんじゃないかな、とも思うのよ」

「そんな字あります?」

「えっと……ビャンビャン麺の『ビャン』とか……」

ミヤさんはすばやく「ビャン」を検索し、「やば」と言って笑った。

「これとかさ、全体は見たこともないけど、うかんむりとかしんにょうとか月は見たことあるから、見ながらだったらなんとか書けるじゃん。だから書き順をなめてたことを、最近は、反省しています」

「えっ、この話、していますか、とかなんですか?」

するどい。あまりにもひとりで盛り上がってしまったことにリアルタイムで反省して、やや急いで話を閉じたのだ。ミヤさんが勉強しないぶん暇そうにしているのをいいことに、わたしはミヤさんにならいくら雑談をしてもいいと思っている節がある。「そうだよね。

すいません。いまのはわたしの近況報告です……」と言って、そのまま他の話題が始まった。

ところがその翌日、ミヤさんがはじめて勉強道具をフリースクールに持ってきたから、みんな驚いた。そしてわたしは、ミヤさんにアルファベットの書き順を教えた。ミヤさんはaを書くのにまず左で閉じる円を書いて線を引き、mを書くのにまず横線を引き、そこに三本の足を生やした。書き順を知らないということについてえらそうにあれこれ言ったことを恥ずかしく思いながら、とにかくひと文字ひと文字、くりかえし一緒にペンを動かした。ときに、わたしの書く線のほうが震えていた。

『リズムの本質』の中でクラーゲスは、ニーチェの言葉を引用して、詩の韻律について以下のように述べている。

「詩作することは鎖につながれたまま踊ることである」というニーチェのいささか誇張的だが本質を衝いた発言が、まずともかく詩作の難しさをわかりやすく述べたものだとすれば、この発言はなおそのうえ、ふだんはおそらくだらしなく、しなびたふうに思える言葉から、言葉のリズムの力にそもそも隠されているだろうものをとり出すためには、韻律という鎖が必要とされうる、ことを意味すると推測するに十分な理由がある。（クラーゲス『リズムの本質』）

つまりまず以前の詩人たちによって多様な拘束を身に負わせられる、次に新しい拘束を創案し加え、それを身に負い、それを優雅に征服する。（ニーチェ『人間的な、あまりに人間的な』）

わたしにはこれらの言葉が明るく響く。クラーゲスのいうように言葉の韻律が、そしてまたニーチェのいうように過去の詩人たちによって書かれてきたものたちが、書こうとするわたしたちを鎖となって縛る。それでいて、いや、それでこそ、自由に踊ることができるだろうか。

そうだとしたらまたそれは、学ぶことの必要も示すことになる。ひとつの型しか持たないものにとって型は重たい鎖のままかもしれないが、いくつかの型が重なった不定形の型が生まれてくれれば、言葉は「鎖につながれたまま踊る」のだ。それなら、構成だろうが文法だろうが、そして過去書かれてきたものだろうが、なるべく多く飲み込んでおくに越したことはない。そのことがまた、わたしを力強く励ます。

だから、「ありのままの自由な表現」などという幻想に惑わされないようにしないといけない。かつてわたしもまた、自分を養ってきた数々の型を棚に上げて、その幻想を信じたがっていたのだった。詩にしたってそうだ。自由詩とは既存の詩からはじき出されようとする運動であるとするなら、既存の詩を知らずして、書きつづけられるはずがない。

アルファベットの書き順からはじめたミヤさんは、最近人称代名詞を覚えた。一見むずかしそうな「he」「she」はすぐ覚えたのに、「we」が覚えられない。そもそも複数形がしっくり来ていないらしい。口頭のテストがうまくいかず、一覧表をしばらく睨んだあと、ミヤさんは「あっ」とわたしを指さした。

「We are the champions の We ですか!?」

「え!?」

ミヤさんの口から突然すらすらと発された英文に動揺する。聞けばなんとミヤさんは洋楽好きで、これまで意味と単語が対応しないまま聞いていたものが、急に頭のなかでばちっとつながったらしい。そうだよ、そうだよ、とわたしもテンションがあがる。それからというもの、なにかにつけては「ほら、フレディ!」と言えば、とりあえず「We are the champions」が出力された。これは便利だった。be動詞の変化を覚えるときにも「We "are"」に助けられたし、「主格」という概念もこれで覚えた。さらにはわかりやすいSV

Cの文でもあり、beの動詞によってS＝Cとなる感覚まで、この一文で説明できてしまった。フレディさまさまだ。そしてやっぱり、はじめのひとつの型があることだけで、こんなに心強い。

「ミヤさん、ミヤさんがとりあえずWe are the championsが完璧なだけでもこんなに助かるんだよ。やっぱわたしも、書き順ともっとまじめに向き合ったほうがいいね」

わたしがそう言うとミヤさんはにやりと笑い、「そうですねえ」と言った。

ミヤさんに新しいことを覚えてもらうために「ほら、フレディ」と呼ぶたび、わたしの頭の中でも一回、「We are the champions」が流れている。We are the champions, my friend. 歌詞はこう続く。

And we'll keep on fighting till the end

そうだ、と思う。そうだ。終わりまで続く戦い、そしてそれを戦い抜こうとする意志。学びはじめることが、書きはじめることが、自由になろうとすることが、それでなくてなんだろうか。

書き順からはじまってわたしたちは、どこまで遠く行けるだろうか。

# ドアノブのないドア

集合住宅のドアの前でしゃがみ、本のハードカバーを机がわりに、手紙を書いていた。書き終わると封筒に入れて名前だけの簡単な宛名を書き、隣で同じように座っていた女性に渡す。女性は「ありがとー」と言って、手紙をかばんにしまう。それから閉まったままのドアに「じゃ、ママ駅に行ってくるからね」と声をかけて立ち上がり、わたしも一緒にその場を離れる……

一週間に一回、木曜日には、かならずその時間があった。大学を卒業したものの就職もせず、わずかな詩の仕事のほかは家庭教師と塾講師のアルバイトで食いつないでいたころだ。知りあいの女性から、個人的に家庭教師をお願いできないかと頼まれたのだった。CMでやっているような有名企業の家庭教師ではなく、知りあいの（ついでに、詩人の）わたしに相談が持ちかけられたのは、当の中学生の娘さんが、そのとき不登校状態にあったからだろう。べつに学校なんか行かなくてもいいけれど家族以外の人とも会う機会がほしい、できるならばついでに勉強のサポートも、というのが、おおまかな要望だった。

初めて家に行く日、わたしは緊張してしかたなかった。受け入れてもらえるだろうかという不安はあったけれど、それ以上に浮き足だっていた。自分だって中高生のころは学校に行きたい日なんて一日もなく、そのうちついに登校拒否を敢行したわたしだった。大学に入ってすぐ、不登校の子どもの指導を専門とした塾でアルバイトをはじめたけれど、自分の見ていた生徒がみんな卒業したタイミングで、つまり、できるだけ早いタイミングで辞めてしまった。スタッフがほかのスタッフを子どもの前で怒鳴りつけるシーンに居あわせてしまって、わたしのほうが居心地が悪くなったからだった。それでほかの塾で働きはじめたものの、いままさになにかを見落としているような不安な心地が、いつもつきまとった。わたしが目の前の子どものことに熱心になっているとき、しかしここにはいない子どもがどこかにいるのだ、ということを、しばしば考えた。学校にも行けず、勉強もできず、部屋で文字ばかり見ていたかつての自分が、ひとりぼっちのそこ以外、どこにもいなかったように。だから、ついにそういう子どもたちのひとりを訪ねられると思うと、うれしかった。

けれど家に着いてみると、ドアにはチェーンがかかっていた。中にいる娘さんが、母親が見知らぬ家庭教師とやらを駅まで迎えに行ったのをよくわかっていて、その隙にわたしたちを締め出したのだった。お母さんが「ちょっと、開けてよ！」とドアをがちゃがちゃやっても、返事はない。力強い拒絶だった。しかたなくふたりドアの前で座って、娘さんが根負けするのを待ってはみたけれど、ドアが開くことはなかった。わたしもチェーンの隙間からおそるおそる自己紹介をし、なにか声をかけてみて、開き直って他愛ない雑談をしてみたりもして、しかし返事が来ることはなかった。それで最後にしたのが、せめて手紙を書くことだった。そのときはとにかく必死で、自分がどんなことを書いたのか、あまり覚えていない。なにかを強要したり、矯正したりするつもりのないことをわかってもらいたかったような気がする。ひとこと声をかけてチェーンの隙間から手紙を投げ入れ、とぼとぼと帰った。わずかに開いたドアの隙間からは、知らない家の台所が見えた。

二回行っても、三回行っても、数か月行っても同じだった。お母さんは授業料をくれようとしたけれど、とても受け取れない。結局週に一回、交通費だけをもらってドアの前に通いつづけることになっていた。一度行くとだいたい三十分か一時間くらい、集合住宅の廊下の角に座って、お母さんとおしゃべりをした。コーヒーやパンをもらって一緒に食べることもあった。不思議な習慣だった。娘さんではなくお母さんと話すために通っているような気もした。わたしはレターセットを買った。事務的すぎない、かといってハートマークやキャラクターも描かれていない、シンプルな丸い模様のついたのにした。初めの何回かはチェーンの隙間から投げ入れていた手紙も、そのうちお母さんに渡すようになった。お母さんからは、いちおう読んでくれてはいるらしいと聞いていた。ときどき飴や小さなお菓子を手紙にくっつけていたけれど、それも残さず食べているという。

毎週書いていると書くこともなくなってくる。だからそのうち、わたし自身のどうでもいい日記のような、近況報告のような手紙が増えていった。いま思えば駅に迎えに来てもらうのをやめて、お母さんに家でドアを守っていてもらえばよかったような気もするけれど、そうしようとも思わなかった。彼女のかたくなな抵抗に誇りさえ感じていながら、しかし同じくかたくなに毎週やってきてしまっている身空の、せめてもの公正さだったようにも思う。ドアは金属でできていて、白くて大きい。

娘さんの姿はまだ見たことがなかった。だからときどき、ドアの前から動けないような気持ちになることがあった。たいしたことは書いていない小さな手紙を書きすすめる手が、しかしどうしようもなく失語することがあった。ほかでもないかつての自分自身に、熾烈に拒まれているような気がしたのだ。自分が大人たちに向けてきたつめたい眼差しが、白いドアを鏡のように、こちらに向かってまっすぐ跳ね返ってくる——けれどその錯覚が起きるのとほとんど同時に、今度はそのこと自体が自分でいやになった。言うまでもなく、チェーンをかけているのはわたしではない。この眼差しさえわたしのもの、無力なこのわたしのものであって、彼女のものではないのだ。

だから、「わたしもそうだったよ、学校行きたくないよね」なんて言ったとしても、なんの意味もなさないだろう。それがわかっていて、言葉はいつも喉のところで、あるいは指先で、発する前に焼き消えてしまう。お母さんがわたしを指名してくれた理由のなかにはきっと、顔見知りであることに加えて、わたしが登校拒否の経験を公表していたこともあっただろうと思う。そのことをありがたく思いながらしかし、ドアの前でわたしはすっかり脱げてしまう。わたしがここにいる理由は、もはやなにひとつ役に立たない。するともう、わけもなくここにいるものとして、ただドアに隔てられているほかなくなってしまう。

明かりが点く。明かりが消える。目の前にはやはりドアがあって、しかしドアノブも蝶番もない。壁とつながっている一枚のコンクリートでできたドア、というより、凹凸によってドアの形が描かれているだけの、入り口のない壁である。集合住宅に通っていたころよりもさらに前、二〇一四年に開催された美術展《止まった部屋 動き出した家》を観に行ったときのことだ。わたしは大学生で、まだ「向坂くじら」を名乗っていなかった。

会場は住宅街のなかにある小さなギャラリーで、部屋に入るとそこにコンクリートでできた小さな家が建っている。水に沈んでいく途中のように、後ろ向きに大きく傾いたかたちのまま。天井には電灯があって、ときどき点いたり、消えたりする。センサーで制御されていて、家のなかにいる人が動くと点き、動きが止まると消えるという。

小さなコンクリートの家のなかには、生きている人がいるのだ。

それこそがこの作品を作った現代美術家の渡辺篤さん本人で、自身の引きこもりの経験と、東日本大震災の津波を重ねあわせて、《止まった部屋 動き出した家》は作られているという。

東北の震災下、ひきこもりの人たちも大勢、家と共に流されたそうだ。（中略）展示室中央には、津波に流されゆく家を表すコンクリートの小屋を置いた。当事者性に再度身を浸すこと、また、仏教修行的要素の可能性を込め、会期中、中に一週間ひきこもった。（作品集『I'M HERE』解説）

不意に電気が点くと、ついコンクリートの表面をまじまじ見てしまう。もちろん中は見えない。ドアの横にはドアベルのボタンがついていて、来場者が好きなときに押すことができる。ベルは家の中に聞こえるらしいけれど、押してみてもその実感はない。押したからといって電気が点いたり消えたりするわけでもない。ドアノブのないドアを見下ろすようにして立ちつくしていると、ふと中にいるのがだれか親しい相手であるような、恋しいような心持ちになってくる。それから、そのことに自分で驚く。なにを考えているかはおろか、なにをしているかもわからない、姿の見えない相手の存在を、しかしじっと感じようとすることが、不思議とそのような親しみを錯覚させるらしい。

錯覚させる、というよりもむしろ、思い出させる、というほうが近いかもしれない。相手のことを親しく、失いがたく思うほどに、しかし相手と自分とが異なることをひりひりと感じさせられる機会は増える。相手のことがわからなくて苦しむのは、そもそも相手をわかりたいと思うからだ。コンクリートの壁に隔てられて、思ったとおりに応答を得られないもどかしさが、そういう日常の苦しみによく似る。継ぎ目のないドアの前に立たされてわたしは、相手の痛みがわからないと思いながら、ドアベルを鳴らすようなむなしい言葉をかけるしかできなかった数々の自分のことを思い出していた。そしてまた、学校に行かなかったころ、ドアの外から怒鳴ったかと思えば、次には泣いて懇願した母親の声のことを思い出していた。

閉じられた集合住宅のドアの前に座っているとき、そこにコンクリートのドアが重なって見えたのは、想像に難くないと思う。けれど、本当にわたしが隔てられたのはそのあとだった。半年をすぎたころ、ドアはついに開いたのだ。手紙が役に立ったのか、単に面倒くさくなったのか、お母さんがひそかになにか話してくれたのか、理由はわからないけれど、ともかくわたしは急に家のなかに招きいれられた。その日はひとこと、ふたこと話しただけだったけれど、わたしはもう力がみなぎってくる気がして、飛ぶように走って帰った。次の週からは当たり前に家に入れてもらえるようになり、初めは話しかけてもあいまいな返事しかしなかった彼女も、好きな動画を見せてくれたり、アイドルやユーチューバーについて教えてくれたりすることもあった。けれどとても当たり前のこととして、やっと姿が見えたからといって、簡単に彼女のことがわかるわけではない。表情や声色のシグナルを受け取れるのはありがたいけれど、しかしチェーンの隙間から手紙を投げ入れることより、顔を合わせて声と声とでやりとりすることのほうが、ときに遠く思えた。コンクリートのドア——結局おしゃべりをするのでせいいっぱいで、勉強を教えることはなかった。

明かりが点く。明かりが消える。

二〇二二年にも、渡辺篤さんの作品を観ていた。会場は国際芸術祭「あいち２０２２」の大きな展示室、わたしも芸術祭の中のプログラムに出演することになっていて、名古屋まで観にいけたのだった。そのときも天井からは明かりが吊り下がっていて、ただしひとつではなくたくさんだ。点いているものもあるし、消えているものもある。《止まった部

屋　動き出した家》の明かりよりも動きは少なく、じっと待っているとたまに、消えていたものが点いたり、点いていたものが消えたりするのが見られるぐらいだ。《ここに居ない人の灯り》という名前の作品だった。ひとつひとつの明かりが、遠く離れた場所にいる参加者によって操作されているという。ここにはいない人がどこかでスイッチを操作したこと、どこかで生きていることが、展示室にいるわたしたちにわかる。

展示室の壁にはまた、無数の月の写真が並ぶライトボックスも展示されていた。写真はコロナ禍で「孤立感を感じている人」という呼びかけで募集した匿名の人々によって撮影されたものだ。離れたところにいても、わたしたちは同じ月を見ている。ここで美術について論じるつもりはないけれど、あくまで個人的な鑑賞の体験として、何年もあいだの空いたふたつの作品を並べて語ることを許してもらいたい。つまり《止まった部屋　動き出した家》の明かりが、わたしにすぐ近くにいながら隔てられる経験をもたらしたのとは対照的に、《ここに居ない人の灯り》をはじめとする「あいち２０２２」で展示された作品群は、離れたところにいながらつながっている経験をもたらしたのだった。そして、前者はひりひりとなつかしい痛みとして思い出されたのに対して、後者はまったくの驚きだった。

「隔てられている」こととは違い、「つながっている」ということはわたしにとって、思いもよらない発見だったのだ。そして思う。場所を共にすることとつながっていることが関係ないのならなおさら、対面していたとしてもなお容易くはつながれないのも、むしろ腑に落ちることじゃないか。

知りあいの娘さんはそれからフリースクールへの進学を決め、とくに高校受験対策がいらなくなったというので、わたしの仕事もなんとなく終わった。わたしは自宅の一室に自分の教室を持つようになり、子どもたちは時間になると玄関のドアを開けて入ってくる。ここにいる、会えた子どもたちがいて、どこか遠く離れたところにいる、会えていない子どもたちがいる。このいまにも、誰かのひとりぼっちの場所がどこかにある。いまはそのことに不安になることはないけれど、かといって満足することもない。会えた子どもたちにさえ、しかしまだ本当には会えていないと思うからだ。そして反対に、会ったこともない子どもたちと、しかしふと出会うことがあるかもしれないと思うこともある。たとえば今しているように、なにかを書いていていて。

《止まった部屋 動き出した家》で「生き埋め」になっていた渡辺篤さんは、しかし会期中に「自身のタイミングで」家から出てくる。それも、コンクリートの壁を内がわから金槌とノミで打ちこわして出てくるのだ。わたしが観に行ったのは会期の前半で、そのシーンには居合わせなかったけれど、あとになってから写真で見た。コンクリートの壁に穴をあけ、そこから生えてくるようにして出てきた渡辺篤さんの上半身を、来場者がどこか距離をとりながら見つめている。家が実際の家屋よりずっと小さいぶん、見かた次第では巨人があらわれたようにも見える。部屋には煌々と明かりが点っている。

わたしは、その写真に納得する。ドアの向こうにいた他人がほんとうにあらわれる瞬間というのは、こんなふうに思いもよらないタイミングで、予期しない大きさであるにちがいない。そうしてあらわれた他人は、つまりときに誰かにとってのわたしは、思わず距離をとりたくなるような、圧倒的な違和感を放つのだ。わたしはときに後ずさられ、またときに後ずさるだろう。その瞬間のことを考えると、怖気立つのと同時に、やっぱり力がみなぎってくる。

# ひとの子に

ひとの子にわが子と同じ愛の手を

わたしの住んでいる桶川という街の駅前には、そう書かれた標語塔が立っている。調べてみるとこの標語にはほかに「ひとの子もわが子も同じ愛の手で」という微妙な別バージョンがあるようだが、桶川駅前のもののほうが格段にいいと思う。並べてみよう。

①　ひとの子にわが子と同じ愛の手を
②　ひとの子もわが子も同じ愛の手で

こうしてみるとまず、助詞が異なることに気づく。「も」は「ひとの子」と「わが子」

とを対等なものとして扱っているけれど、「に」は「ひとの子」のほうをより重点を置く対象として語っている。この重点の差は、語どうしのつながりを考えるとよりわかりやすい。②では「ひとの子も」と「わが子も」がともに「手で」を修飾しており、順序を入れ替えても文の意味は変わらない（ちなみに、これを国文法では「文節どうしが並立の関係にある」と言う）。わかりやすく書くと、「ひとの子もわが子も（同じ）（愛の）手で」だ。それに対して①では、「わが子」が「（愛の）手を」を説明する修飾節「わが子と同じ」のなかに含まれている。「ひとの子に（わが子と同じ）（愛の）手を」。こうすると、「わが子」のほうだけがカッコの中に入ってしまう。つまり、「わが子と／わが子も」が文の中で果たしているはたらきが、①と②では変わっている。総じて①には、「わが子」も大事だけれども、いまはそれよりも「ひとの子」のほうの話をしているのだ、というような気迫がある。

その街で国語教室をはじめて二年が経った。子どもたちにはもっぱらこんな話ばかりしていて、やってくる誰もかれも、もれなくひとの子である。

二年目に入ってしばらくしたころ、生徒がやめた。進学とともに卒業したことはあったけれど、学期の途中の退塾はそのときが初めてだった。そして、これが自分でもびっくりするくらい、つらかった。

もともとあまり人との関係に期待をかけないほうで、「人と会ったあとひとりになるとかならず反省会をする」なんて話を聞くと驚いていたけれど、しかし初めてそれがわかった。ひとりで教室に掃除機をかけたりしていると、授業の一回一回が昨日のように思い出される。された質問や、勉強以外の相談ごと、ささいな雑談が、ひとつひとつよみがえってくる。そして、そこで自分がしたいくつもの返答が、すべてまちがっていたような気がしてくる。なるほど、反省会、つらいものだ。さらには、生徒の質問は口調までよく覚えている反面、自分の返答のほうは完璧には思い出せず、そのこともまた自分でなさけない。無責任だったと思えてならない。有意義な反省もあるとはいえ、実際それはわたしの中で起きていることのひと握りで、あとはもうただべそべそ言っているだけだった。

べそべそ言っていたら、塾をはじめるきっかけでもある例の卒業塾の塾長に、自虐混じりでなぐさめられた。「塾というのは飽きたらすぐに捨てられる愛人稼業みたいなものです」という。そう言われてなんとなく、彼がこれまで数えきれないほど経験してきたにちがいない「破局」の積み重ねと、それから、旧い友だちのことを思っていた。

旧い友だち。十三年前に知りあって、十年前に死んだ。インターネットで仲良くなった相手だった。そいつは生まれ育った家族にいじめられ、やっとそこを出て新しい家族を作ったと思ったら、今度はその相手にひどくいじめられた。おまえは人間ではない、生きている価値がないと毎日のように言われ、リモコンや掃除機で殴られたり、携帯電話を壊されたり、夜中にうちの外へ締め出されたりした。そのころまだ高校生だったわたしは、少し歳上のそいつの話を聞かせてもらっては、あまりの自分の無力に打ちひしがれた。その裏がえしで、自分がそいつにできることならなんでもしてやりたいと思った。けれど、結局おしゃべりする程度のことのほか、なにもなかった。そのときは自分が子どもだからだと思っていたけれど、今になってみれば、実際のところひとが友だちに対してしてやれることというのは、そもそもその程度なのかもしれない。

そして、そのころなによりもどかしく、いたたまれなかったのは、学校の同級生や家族にそいつのことを話すと、みんながわたしのほうを心配することだった。壮絶な人生のなかに置かれているそいつのことではなく、ただたまたま家族だったり知りあいだったりするだけの、うんざりするほど安全なところにいるわたしのことを。直接会ったこともない相手のことであまり気を病みすぎないように、面倒ごとに巻き込まれないように、自衛をしてね、あまり入れ込みすぎないようにね、というのが、その言い分だった。

これもいまになって思えば、気持ちがわからないわけではない。素性のわからない相手とあまり親しくしていることがまず心配といえば心配だし、そいつになにかしてやりたいと願ってやまない子どものわたしというのも、あまり健康的な状態とはいえない。わたしの身のほうをまず案じたくなる気持ちもわかる。けれどもそのときわたしの感じたのは、とかく愛の頼りないことだった。わたしは、わたしを心配するのではなく、わたしと一緒にそいつを心配してほしかった。なにもできないわたしというものを、せめて誰かにともにしてもらいたかった。けれども愛というのは力のないもので、わたしに向けられたらそのままわたしのところで止まってしまう。わたしを貫通してそいつのほうまで通っていくことはないのだ。それで大学一年生になった初秋の朝、メールボックスにそいつの知りあいがわざわざ送ってくれた訃報が届いて、それっきりだった。首吊りだったという。

それからしばらくは、なにかに仕返しするように、もしくはされるように、誰かの悩みを聞くことが多くなった。向こうから打ち明けられることもよくあったし、こちらで勝手にお節介をやくことも多かったと思う。うまく貫通できない愛というものに、その狭さに、ずっと勝負を挑んでいるような気持ちだった。そのころ恋人になった男はあきれて、またどこかわたしをこわがって、言った。

「君ってさ、じつは誰よりドライなんだよ。あのさ、だれのことも大事っていうのと、だれのことも大事じゃないっていうのは、同じことなんだからね……」

けれどその男はのちにわたしに結婚を申し込み、夫になった。それで、というわけではないけれど、このごろはわたしもあまり誰かれかまわずお節介をやいたりしない。あるときからはっきりとやめた。

理由にはまず、大学生からのさらに数年で、お節介がへんな受け取られ方をしたり、ちょっとした隙につけこまれたりして、痛い目を見すぎたことがある。かつて家族や同級生を心配させた、まさにそのとおりになったと言っていい。そのころのわたしが折悪く二十代の女性という呪われた身空であったことも大きな要因だったと思う。結婚したらその忌むべき魅力がいくらか失われたのか、男女ともにわたしに関心を示す者は減り、追いたてられるように人と接していた状態からはいくらか楽になったけれど、やっぱりもううんざりしてしまった。

そしてなにより、お節介の延長で誰かと関係を持とうとすることには結局どこかで限界が来てしまうとわかったからだった。だれかの抱えている痛みや苦しみに対して関係でもって対処しようとしたなら、仮に一度はうまくいったとしても、次にもさらに関係を、それもより親密な関係を求められるのは当然のことだ。そうするといずれは、かえって閉ざされた愛のようなものが要求されてしまう、というのが、試行錯誤の末にわたしの結論づけたことだった。そうなると、関係を望む相手と、もっぱらさほど望んでいないわたしとの間で、不幸な温度差が生まれてしまう。

だから結局、わたしが他人に対してできるのは、関係を、ひいてはわたし個人を、提供することではないのだ。高校生のときから薄々わかっていたことであるような気もする。これはわたしのキャパシティや能力の問題でもあって、もどかしい気持ちはする、けれどしかたない。わたしが愛に足りなかったのだ。他人の問題にかかずらうわたしをいさめた家族や友だちをはじめとする、生きている人間の多くが、愛に足りないのと同じに。

貫通しない愛の問題はいまだ解決せず、ときどきうねうねと苦しんでいると、「ドライなんだよ」とわたしをののしった夫はいまさらになって、「君、人より愛が多いんだよね」と言う。その二者は正反対ではなかろうか、と思わないこともないけれど、しかし共通するところのあるのもよくわかる。「だから、自分で持て余すんだよね。おれに対してもそう、人に対してもそう」続けて言うにこと欠いて、こうだ。

「かわいそうだねー」

だから愛人稼業と言われたとき、ひそかに胸の湧き立つ思いだった。うれしかったのだ。持て余し、空回りしつづけてきたわたしの愛、できるだけ貫通しまくって開かれてほしい、それでいて健全に持続してほしい、関係のなかではなく問題のなかで作動してほしい、と願いつづけてきたわたしの愛が、どの親密な関係にもおさまることのできないその不実さが、ここでようやくぴったりはまるような気がして。

愛人なら、愛人ならば、わたしという人間でなく、わたしという機能のようなものであるままで、人と接することができるだろう。それも、いっぺんにたくさんの人と。夫婦という、閉ざされた愛の代名詞のような名前をひそかにおそれてもいたけれど、それとだって両立ができる。だれとも特別な関係にならないまま、しかしその人たちのために、自分のうとましい性分を、用いることができるだろう。わたしは色めきたっていた。ああ、つまり、天職。なにか自分の人生をよく知る人ならざる存在から稀な恵みとして与えてもらった仕事、のようなものとしての「天職」という言葉を信じるとしたら、これしかない。それも、きわめて不真面目で、不誠実な意味で。

桶川という街に住んでいる。駅前には標語塔が立っていて、「ひとの子にわが子と同じ愛の手を」と書いてある。「家族に」でも、「ひとの子『も』」でもなく、「ひとの子に」と書いてある。見るたびに、それがわたしのために書かれていると思う。

# お前とポエムやるの息苦しいよ

空港で早歩きをすると、蹴り上げた後ろ足がときどきトランクにぶつかって、リズムがくずれる。帰り道はトランクが重たいからなおさら。自分で蹴ったせいで横転しかかるトランクを乱暴に立てなおし、ふたたびがらがらがらと進む。わたしの加速に比例して、持ち手から伝わる床の凹凸も加速し、手のひらがしびれてくる。

後ろからわたしを呼ぶ声がする。滞在制作で一緒にセルビアに来た詩人ふたりだ。けれど、ふりかえらない。自分でも子どもっぽいと思いながら、しかし力いっぱいトランクを牽《ひ》くことのほか、どうしていいかわからなかった。異邦の地面に、涙がぽたぽた落ちていった。激怒していた。

ふたりのうちのひとり、橘上《たちばなじょう》との交友がはじまったのは、彼の出演する詩の朗読会を観に行ったときのことだった。「NO TEXT」と名づけられたそのパフォーマンスは、めちゃくちゃにおもしろかった。「本を持たない朗読会」と銘打っているとおり、開演とともに手ぶらの橘上がふらっと舞台の上に上がる。そして、そのまま宙に向かってしゃべりだす。テキストを暗記しているのではない。即興でしゃべって、いや、詩を作って、作ると同時に口から出しているのだ。

今度、わたしには、弟が、生まれません、わたしには、弟が、生まれません、いつも、弟が、生まれません、弟が、生まれてほしい、と思ったことは、な・い・で・す、弟は、生まれ、なくても、いる…というか、弟、わたし、好きです、弟、いなくても、好きです、生まれてなくても、弟、好きです、存在、しなくても、弟、好きです、だから、弟が、生まれる、とか、生まれない、とか、は、大した、問題、では、ありません、わたしは、ただ、弟が、好きです、生まれ、なくても、弟が、好きです、仮にKGB、でも、弟が、好きです、KGB、でなくとも、弟が好きです、

衝撃だった。言葉がオートマティックに次の言葉を呼び、発話しようという意図をたやすく追い抜いて、目の前で意味をなしていく。それも単にすらすらつながっていくという

のでなく、「いなくても、好きです」「ＫＧＢ」という強烈な違和感を持った言葉が不意にあらわれ、グリッチノイズのように傷を残す。橘上は声を嗄らしながら、しかし言葉の引力の前で、どんどん透明になっていくようだった。わたしもするのでよくわかるけれど、詩の朗読をすることは基本的にあまり居心地のいいものではない。テキストを書いた自分と、いま舞台に立っている自分とに、どうしてもズレが生まれるのだ。読むときの自分はどうしても書いたときの自分ではありえない。他人に自分の詩を読んでもらうとしてもそこまで気に掛からないところ、この自分どうしの小さなズレは気にかかる。あきらかに演じているくせ、ともすると演じていないかのように見られてしまうことがもどかしいのだ。

しかし橘上のパフォーマンスは、たやすくそのズレを超克してしまう。少なくともそのように見える。しかも、この上なく原初的で、乱暴なかたちで。快哉をあげたい気分だった。終演後に興奮しながら話しかけたら、なんだかんだでときどきＬＩＮＥする仲になった。やがてユニットを組まないかと誘われて、わたしも一緒になって即興パフォーマンスをするようになった。即興は苦手だったけれど、断る理由はなかった。

仲良くなって驚いたのは、橘上が舞台を下りてなお、「NO TEXT」みたいなことばかり言うことだった。それもどうやら、「言ってしまう」というほうが正しい。一応会話の形式を踏まえてはいるものの、ところどころで飛躍し、文脈に傷をつけ、会話の進行よりも言葉の手応えのほうに従っていってしまう。なにを言っても予想外の返事が返ってきて、わたしはよく大笑いして、そしてくたびれ果てた。ここで具体例を出せないのがくやしく、また興味深い。さんざん橘上のおしゃべりに揉まれたはずなのに、そのうちのひとつも頭に残っていないのだ。人の記憶というものは言葉そのものでなく文脈に、さらに言えば、すでに知っている文脈に当てはめることに依存しているらしい。

一九一〇年代にロシアで興った文学運動「ロシア・フォルマリズム」の主導者であるシクロフスキイは、詩についてこんなふうにいっている。

詩人たちにあっては、事物は反乱を起こして、自分たちのむかしの名前を拒絶し、新しい名前とともに新たな外貌をおびる。詩人は、イメージや文彩を利用して、いろいろな比喩をつくりだす。彼は、たとえば火を赤い花と呼んだり、新しい付加形容詞を古い言葉にはりつけたり、ボードレールのように、腐屍が、みだらな女のように、両足を宙にかかげるといったりする。こうすることによって、詩人は、意味論的転移を成し遂げ、概念を、それが置かれていた意味論的系列のそとにだし、(文彩の)ほかの言葉の助けを借りて、もうひとつべつの意味論的系列のなかに位置づける。私たちは、こうして新しさ、つまり事物が新しい意味論的系列のなかにあることを感じる。新しい言葉は、新しい衣服のように事物のうえにおかれる。看板は取りのぞかれる。これが、事物を知覚可能なものとする手段、事物を芸術作品の要素にかえる手段なのである。

「新しい名前」をつけ、「事物を知覚可能なものとする」ことを、シクロフスキイは「異化」という芸術の手法として提唱した。詩や芸術は、見慣れない言葉の組み合わせによって、本来の文脈から取りだした事物そのものを見ることを可能にする。そうだとしたら、橘上は異化そのものである。パフォーマンスでも日常会話でも、使い慣れた文脈をわざと踏み外しては、聞くほうを混乱させる。そしてそこにこそ、言葉の新しい形、ひいては事物の新しい形があらわれてくる。日常に倦んだ身に、橘上の言動がまぶしく、小気味よく映ったのは、それが異化だったからにほかならない。

ところが、しだいにそんなふうに喜んでもいられなくなってきた。想像してみてもらいたい。年がら年中詩みたいなことしか言わない者と一緒にいつづけるには、かなりのタフさが求められる。誰かに「わたしは弟が好きです」と言ったとしたら、返ってくるのはふつう「いいですね」「仲良しですね」、たかだか「どんな弟さんなんですか?」ぐらいの返事だろう。そこですかさず「じゃあ、弟がいなくても好き?」と言ってくるのが橘上である。うっかりなにかの前提を共有しているていで話すと、目ざとくハシゴを外される。当然いいだろうと思っているものを悪く言われる一方、当然悪いだろうと思っているものはよく言われる。はじめは良心的なフラットさに見えたその態度が、そのうち白々しいからかいに思えてくる。詩の言葉が日常の言葉から異質であることを好んでいた一方で、橘上という存在の異質さは、だんだん疎ましくなってきてしまったのだった。

そして、思う。わたし、詩が好きだけど、この人ほど百パーセント詩じゃなくていいかもしれない。

漫画『SLAM DUNK』に有名なセリフがある。三年生の赤木が、強豪校である山王工業高校との試合中、一年生のころを回想するシーンだ。赤木は全国制覇を目標としているが、チームメイトはその熱意についていけず、嘘をついて練習をさぼっている。それを見つけた赤木は激昂し、教室でチームメイトを投げ飛ばす。チームメイトは起きあがり、話し出す。

き……強要するなよ／全国制覇なんて／山王工業に挑戦したいなら／海南にでもいけばいいだろ／ここは神奈川県立湘北高校だぜ／とりたてて何のとりえもない……／フツーの高校生が集まるところさ／おまえだってでかいだけでヘタだか

ら海南にも翔陽にも行けなかったんじゃねーか／海南だってはるか雲の上なんだ
／強要するなよ全国制覇なんて

そして、最後にこう言い放つ。

お前とバスケやるの息苦しいよ

赤木の静かな横顔を写したコマに添えられていることもあって、この短いセリフの、なんという重み。印象的なあまり、インターネットでは「バスケ」の部分をいろいろなものに置き換えた画像が出回っている。それを思ったのだった。すなわち、こうだ。

お前とポエムやるの息苦しいよ。

それが、セルビア滞在中についに限界に達した。十日あまりも共に過ごしていると、いよいよ異化どころではない。異国にいて、むしろ見慣れた日常のほうに渇きはじめたこともあったと思う。橘上の異質な言動が、いよいよ迷惑としか思えなくなってしまった。相手がわたしだけならまだしも、現地のコーディネーターにも同じようにふるまい、日本の詩について尋ねられて「イェス。オール・ジャパニーズ・ピープル・イズ・ポエット。バット、オール・ポエット・イズ・クレイジー。ビコーズ、オール・ジャパニーズ・ピープル・イズ・クレイジー」とウソの三段論法をくり出したりする。通訳が主にわたしだったこともあって、いつ怒られるかとこわごわしていた。まずもって使い慣れた文脈を共有していない相手に、異化のおもしろみは通用しないのではないか。いま橘上は、ひいては橘上と共にやってきたわたしたちは、単に無礼で愚かな異邦人として映っていないか、という気がした。いるだけで十分に異邦人だというのに、橘上はその上に、さらにローカルな自分の異邦ぶりを重ねずにいられないのだった。

だとしても、茶化すだけならまだいい。そのときどうしても引っかかったのが、橘上が時にわざときたない言葉を使い、また粗暴なことを言うことだった。橘作品に、「戦争自体賛成詩」という詩がある。少し長めに引用したい。長めと言っても、この詩の全体からするとごく一部だ。

あの、僕ね、ちょっと、…ちょっとなんか…世の中がウソ、好みで言うとアレ、恥ずかしいんですけど。僕ね、戦争好きなんですよ。あ、違う違う違う、そういう、パワハラとかセクハラとかじゃないです。そうです、パワハラとかセクハラとか差別とかは嫌いです。あの暴力とかも嫌いです。あの、そういう暴力的なヤツはちょっとダメなんですよ。っじゃなくてー、もぅちょっと、なんていうのかな、平和的な、人傷つけない系の戦争、っていうの、僕好きで、っホント好きです。だからホント…暴力NO！戦争YES！差別もNO！戦争YES！…純粋に戦争が好きだからぁ、お金のためとか、そういう、…戦争に政治を持ち込まないで！もっと純粋に戦争、…もうね、勝っても負けてもいいじゃん！戦争いいじゃん、さぁ！勝ちとか負けとかの手段のための戦争、やめよう！純粋に、戦争を、しーよお！日本に軍隊はいらない！戦争をしよう！

こうして文字で読めば、世間一般に「反戦」が大前提になっていることを踏まえた詩であることは少なくともわかる。この詩にあらわれている「暴力に反対しつつ、戦争に賛成することはできるか？」という反語的でナンセンスな問いは、しかし「戦争に反対しつつ、（無意識に）暴力に賛成している」もの、そのナンセンスさへのするどい追求を含んでもいる。また「純粋に・戦争をする」というふつう結びつかない＝「異化」的なフレーズは、「純粋な」という形容詞が本来伴いやすい「美」や「愛情」や「芸術」、またひょっとしたら「詩」のありようをぐらつかせる。そしてそれ以上にわたしには、橘上が「言えなくなりそうなこと」を言おうとしているように見える。つまり、「日本人たるもの」または「詩人たるもの」当然反戦であるべき、という圧力を敏感に察知し、そこにある種のファシズムを見いだしてこそ、橘上は「戦争自体」に賛成するのだ。それでいて、それが暴力をも肯定することにならないよう、巧妙に気を配りながら。

しかしたとえば、目の前で話している橘上に、まったく同じように「戦争いいじゃん、さぁ!」と言われたとしたら、簡単には肯首できないわたしがいた。これはひとつのたとえにすぎないけれど、橘上はたびたびそのようにわたしたちを、冗談混じりで、しかし熾烈に試した。その乱暴のうち、いくつかでわたしは腹をかかえて笑い、しかしまたほかのいくつかをどうしても許せなかった。そしてそうなってしまうと、前者で笑っていた自分のことも、同様に許せないように思われた。

そうしてセルビアを発つ日には、もう口もきけないくらいになっていた。どかどかと飛行機に乗り込む。幸いというべきか、席は別々だった。滞在したノーヴィサードという都市は心からすてきな場所だった。久しぶりにひとりきりに戻り、しばらく暮らした異国が眼下に遠ざかっていくのを見ながら、また少し泣いた。

そしてそのまま、わたしたちは仲良くなくなった。わたしが以上のようなことを書きつらねた長いＬＩＮＥを送って、橘上からもっと長い返事が来た。そのあと短いやりとりを少しして、もう連絡をとりあうことはなかった。

気落ちしたときに読み返すことにしている本はいくつかあって、そのうちの一冊がシモーヌ・ヴェイユ『重力と恩寵』である。哲学者のヴェイユが生前書き留めたノートを、友人のギュスターヴ・ティボンが編纂したものだ。短いアフォリズム集の形をとっていて、なにかについて語りだしたと思ったら、こちらが考えはじめるより早く終わってしまう。

存在するものは何ひとつとして、絶対的な意味では、愛するにあたいしない。
だから、存在していないものを、愛さねばならない。
だが、この愛の対象は、存在していないからといって、こしらえものではない。
わたしたちがこしらえたものならば、愛するにあたいしないわたしたちと同様に愛するにあたいしないはずだから。

言葉ひとつひとつの意味はわかるにもかかわらず、この短い文章が「わかった」とは、とても言えない。かと言ってたやすく投げだしてしまえない、何回も読まないといけない文章であると思わされる。それで霧のなかをいくように読みすすめているうち、だんだんヴェイユが自分に語りかける、ひとりの友だちである気がしてくる。「わからないながらに好感を持ち、なんとなく一緒にいつづけている」という感覚が、そのような錯覚を生むらしい。生きているヴェイユに会ってみたいと思い、それがかなわないのが残念だった。気落ちしたときにこの本を開きたくなるのは、ヴェイユの度を超えた真摯さに励まされたいからだけではない。あえてセンチメンタルに言えば、ヴェイユというここにはいない友だちと、まずは時間を共にしたいからだった。

しかしだ。『重力と恩寵』には、ヴェイユがノートを託したギュスターヴ・ティボンによる解題が付されていて、それを読んでいると、なにか自分がまちがっている気がしてならない。自分があまりに都合よく彼女と付き合っているように思えるのだ。生前のヴェイユを、ティボンはこうふりかえる。

最初のころのわたしたちの関係は、親しみにはみちていたが、努力を要するものだった。具体的な面では、はじめのうちわたしたちはほとんど何ごとについても一致しなかった。彼女は、かたい一様な声で、果てしもなく議論をつづけ、終わりというもののないこういう話し合いからぬけ出してくると、わたしは文字どおりにくたくたになった。

そんな相手と付きあうのは、さぞ面倒くさかったことだろう。わたしにはヴェイユのそんなようすが、そしてティボンの深い疲れが、ふしぎにしみじみと想像できる気がする。けれど、ティボンはこう続ける。

やがて生活をともにしていることの特別な成果があらわれて、彼女の性格のこういうがまんのならぬ一面も、その深い性質をあらわすものではなくて、単に外面的で人に見せるためだけの自我の表出にすぎぬことが、わたしにも少しずつわかってきた。実質と外見とのそれぞれの位置が、彼女においては、入れかわっていたのである。だから、世の多くの人たちとは反対に、彼女という人はうちとけて親密な雰囲気の中で知るようになればなるほど限りなくその真価がわかってくる人であった。彼女は、おそろしいばかりの率直さで、その性質のあまり愉快でない面を外にむき出しにしたが、自分のもつ最良のものをあらわすには、多くの時間と愛情とを必要とし、羞恥心を克服しなければならなかった。

このティボンの努力には胸をうたれる。彼がくたくたになりながらもヴェイユと付きあいつづけ、親密な関係を築いた結果、ヴェイユはティボンに対して「最良のもの」をあらわすことができたのだ。そしてそれに引き比べたこのわたしの、驚くべきチートぶり。ものすごく面倒くさい人であるヴェイユの、面倒くさい部分はスキップして、いい部分、自分の役にたつ部分とだけ付きあっているにすぎない。チートというか、ゲームでいうならむしろエアプ＝エアープレイヤー、プレイしていないくせに知ったかぶりをしているのに近い。それも、ヴェイユにかぎったことではない。本を読むことはそもそも、その人との付きあいをスキップして、いいところだけをちゃっかり享受できるということなのではないか。

そういえば、そんなようなことでも前述した塾長に相談して、叱られたことがある。ちょうど橘上と絶交したころのことだ。そのときはヴェイユとティボンではなく、マルクスとエンゲルスを引きあいに出して。たらたら何か書いているだけでいまひとつうだつの上がらないわたしがマルクスなら、マルクスを支援したエンゲルスは当時の恋人、のちの夫である。わたしがつまらないことで彼に怒ったのを、塾長は「エンゲルスでさえ、自分の父親の葬式のときにまでマルクスからの送金依頼が来たときは激怒したそうです」とたしなめたのだった。

ここまで完全に棚に上げてきたけれど、当然というべきか、わたしもまた面倒くさい側の人間である。『SLAM DUNK』を読んだときはもちろん赤木のほうに感情移入して泣いた。だから、橘上との関係にかぎって自分が不真面目なチームメイトのがわに立たされたことには動揺した。関係を絶つことにしたって、多くはどちらかといえば絶たれる側だった。きっとだからこそヴェイユに、そして橘上に、惹かれたのだ。

ああ、生きているヴェイユに会ってみたいだなんて、不誠実にもほどがある。

心を決めるには、半年の歳月が必要だった。そのあいだにわたしは結婚し、新型コロナウイルスが蔓延して、生活はがらりと変わった。夫は無事、彼のマルクスを許したのだった。しかしわたしが調子に乗るとぴっとこちらを指さして、ドラクエの呪文のごとく唱えるようになった。「エンゲルス！」

久しぶりに送信ボタンを押すのに、二回も三回も迷った。昼間に送って、真夜中に返事が届いた。それからお互いにおっかなびっくり近況報告をして、その近況が「職場で極左から極右に転向した革命家の話をしたら怒られた」ということだったから、わたしは笑った。

そうして、わたしと橘上は仲直りした。

橘上はあいかわらずだ。会話の秩序を乱し、簡単には返事ができないようなことばかり言う。対立しているふたつのものの、片方を挑発したかと思うと、次の瞬間にはもう片方も挑発せずにはいられない。

僕、今ちょっと…これ言うのアレなんスけど、戦争と同じぐらい反戦も好きなんです。あ、違う違う違う違う違う…平和のための反戦とか超嫌い！純粋に、反戦が好き。…っとに、平和NO！反戦YES！…平等NO！反戦YES！…ねぇ、純粋にいいもん、反戦を。何かのための反戦とか不潔！純粋に！反戦しよう！

その結果、わたしがかつてしたのとまったく同じに、あちらこちらからうんざりされているという。わたしはもちろん、そのことに納得する。しかしときにふと足元がぐらつく。なにもかもに乱暴にせずにおれない橘上と、ある乱暴さを許せない一方である乱暴さは笑い飛ばせてしまうわたしと、はたして真摯なのはどちらだろう。

そのことを彼は、好きなロックバンドの曲名から、「Shot by both sides」と呼ぶ。両がわから撃たれる。仲良くなったはじめのころはそれを聞いてかっこいいなあと思っていたけれど、このごろはもはやそんなふうには思わない。死になさい、と思う。そんなふうにしかできないのなら、そしてそれがあなたの度を超えた真摯さであるのなら、いさぎよく蜂の巣にされて、死になさい。そのときにはわたしもまた、撃つがわであるに違いない。

橘上にぎょっとし、心底引き、ざらつく思いをするたびに、自分が今いるところが見慣れた文脈にすぎないことを思う。そして詩というものがそもそも、人を不快にさせる要素をどうしようもなく内包していることを。最近はときどき、彼の囈言にどうにかなにか言いかえしてみる。それが借りものの文脈の押しつけでない、しかし橘上のとも異なる、新しい事象そのものであることを祈りながら。橘上に対してできることはそのぐらいしかない。次に仲違いするまでの貴重なひとときを、わたしもまたなるべく真摯であることしか。

さて、橘上にうんざりすると決めたように、ヴェイユともっと付きあうということが、果たしてできるのだろうか。ティボンのようにはできないだろう。ヴェイユはもういないのだから、わたしの付きあう対象は言葉しかない。しかしそもそもその言葉にさえ、まだつかみきれていないややこしい部分が、十分にあるようにも思える。『重力と恩寵』は何回読んでもやっぱり理解しきれないけれど、しかし「わからないけれど、時間を共にできればいい」などといって満足していることは、果たして友だちの態度と言えるだろうか。

そういう意味で、「読む」ということもまた、橘上によって揺らがされたもののひとつになってしまった。使い慣れた前提を捨て、「わからないとしても、わからねばならない」と前提して読みはじめること。それはつまり、わたしの数少ない安全でいられる場所を失ったということでもある。くそやろう。

# 微調整、微調整

迷っていた。迷いながらも同時に、そのあまりのささいさに、自分自身で引いていた。そのくらいのことさっさと決めてしまえばいいのに、と、思えてしかたなかった。しかしなお、やっぱり、迷っていた。

教室の、机の位置を変えるかどうか。

運営している国語教室ことぱ舎は小さな教室で、ふたり座れる長机が二台、全部で四席、わたしの座る椅子を除いて定員は各コマ三名。部屋の四方のうち、西側の壁は本棚で、北側の壁は引き戸式のクローゼットで埋まっている。クローゼットで、と言いつつ、中は本棚に改造してあって、実質二面が本棚である。そのときは、二台の長机を、余った二面それぞれの壁に向けて設置してあった。すると、わたしが座る隣の席と、もうひとつの机の二席が、生徒が座る席ということになる。三人入ったときには、わたしからはひとりの横顔と、ふたりの背中が見えるというわけだ。

開塾当初、それなりに悩んで決めた配置だった。机二台を向かい合わせにしてくっつけ、ダイニングテーブルのように真ん中に置いてみたり、二台とも南向きにして講義式の教室のようにしてみたり、いろいろ試してはみたけれど、どれもしっくり来ない。ことぱ舎は自学自習形式の塾で、机を囲んでおしゃべりすることもないし、わたしが全員に向けて講義をすることもない。

それで、二台とも壁に向ける形に落ち着いていた。一応わたしの席もあるとはいえ、基本はうろうろしていれば、離れているほうの席のようすも見ることができる。「自学自習形式」のモデルになったのは先にも登場したわたしの出身塾「響心塾」で、そこではまさにみんなひとりで勉強し、先生がときどきようすを見にきたり、わからないところがあれば生徒の方から質問をしにいったりして、それで指導は成立していた。おしゃべりも講義も嫌いだったわたし自身、教える側に回ってなお、その形式が好きなのだった。

しばらくはそれでうまくいっていた。そもそも開塾したばかりで、一コマにひとりしか生徒がいないことが多かったし、そのうち二人、三人と増えたとしても、サポートする場面の多い中学年は隣に、高学年や中学生はもうひとつの机に、と分けて、それで問題は起きなかった。

ところが様相が変わったのは、もともと通っていた四年生の男の子のお兄ちゃんが入塾してきたときだった。弟のほうはもともと好奇心旺盛で、教室に置いてある詩や短歌の本をおもしろがって読み、自分でも短歌をしょっちゅう作るようになっていた。いっぽう兄は六年生、国語が苦手で、問題を解けるようになりたいという。わたしとしては、どちらもうれしい。そういうふたりに一緒に通ってもらえるのがこの教室のいいところである、とさえ思っていた。

しかし、そううまくはいかない。兄が入ってきたとたん、弟がまったく勉強に集中できなくなってしまった。わたしの隣に弟が、離れた席に兄が座っていて、それなりに距離はとっている。それなのにすぐ兄に話しかけてしまうし、わたしが兄に教えているあいだも耳をそばだてていて、こちらの会話に入ってきたがる。いちばん困ったのが、わたしが兄のようすを見るためにしばらく席を立っていると、弟もいっしょにこちらに来てしまうことだった。

「ちょっとちょっと、きみ問題解いてる途中じゃないんですか⁉」と元の席まで送り返しても、すでに気もそぞろになっていて、あまり意味をなさない。そのうち自分の席についていたとしても、ちょっと目を離すと苦手な読解問題をさぼって、勝手に短歌を量産するようになった。

その状況が、一か月ほど続いた。扱いに困るのが、べつに彼はやる気をなくしていたり、こちらを欺いてさぼろうとしていたりするわけではないことで、読解はさぼるけれど比較的好きな文法はやるし、漢字や語義の暗記も確認テストで間違えると叫ぶぐらい真剣だし、唯一わたしの目を盗んでやることが短歌の創作である。国語教室としては、ぜんぜん、いいのではないか、という気もする。

しかし兄のことを考えると、そういうわけにもいかない。くりかえし話しかけられるとやはり集中は途切れてしまうもので、本人は楽しそうだし、弟のこの暴れぶりにも慣れているらしいけれど、わたしとしてはくやしい状況が続いた。本来、兄はもっと力をつけていけるはずなのに、このままでは集中を妨げられたまま、やっぱり自分は国語が苦手なんだ、で終わってしまう。また弟のほうにも、短歌や書くことが好きならばなおさら、勉強して新しい言葉を知ることの手ごたえを、もっと感じてほしかった。それから、短歌のクオリティが作り始めたころと比べて若干落ちているのも気になった。最初は自分にできる表現を一作ごとに開拓していくような意欲に満ちていたのに、だんだん文字数の合わせ方が雑なものが増えてきていた。

それで、机の位置を変えることを思い立った。いま兄が座っている南側の机だけを内がわに向けて、少し離れたL字の形にするのはどうだろう。わたしの席から、左に弟の横顔、右に兄の正面が見えるようにするのだ。そうすれば席を立つことなく、回転椅子を転がす程度でふたりの間を行き来することができる。

完璧な案にも思えたけれど、しかし、いざ変えようと思うと、ものすごく抵抗があった。まず、自分でも意外なことに、ふたりがどう思うかが猛烈に気にかかった。自分たちのいまの勉強態度が悪かったからだ、と反省させてしまうかもしれない。これまではわたしの視界から外れるタイミングがそれぞれあったのをいっぺんになくしてしまっては、監視が始まったような印象を与えるかもしれない。だいたい、兄がこちらを向く形にすることで、かえって兄弟が話しやすくなる環境を作ってしまうかもしれない。いや、それもまだ言い訳にすぎない。わたしはそれ以上に、これは心から情けないことだが、これまでが完璧でなかったと知られるのがいやだった。

なにかを改善するためには、今まであったものを否定しないといけない。机の置き方ひとつを、自分でも小さなことだと思っていながら、そのとき本当に変えたくなかった。自分が持っていた「自学自習式」の理想が崩れるような気がしたし、それがふたりにばれてしまう、と思った。これまで、今までどおりの形で、手を焼きながらもなんとかやってきたことが、変えてしまったら最後、ぜんぶ失敗だったと認めることになってしまうんじゃないか。

そのとき頭に浮かんだのは、ちょうどそのころ読んでいた「100分de名著 オルテガ『大衆の反逆』」のテキストの中にあった、政治学者の中島岳志さんの言葉だった。オルテガの思想がどういう潮流の中にあったのかを位置づけるために、エドマンド・バークが紹介されている。バークは十八世紀のイギリスの政治家で、フランス革命を厳しく批判した。フランス革命の根底にあった啓蒙主義、つまり「人間の理性による設計で世の中を進歩させるという考え方」ではいけない、「理性を超えたものの中に英知があると考えるべき」であるという。

ではどうするのか、というところで、中島さんはいう。

私たちの「現在」は、膨大な過去の蓄積の上に成り立っています。私たちが担うべき改革のための作業は、その過去から相続した歴史的財産に対する「永遠の微調整」なのです。この「微調整」をずっと続けていくというのが、バークの思想のエッセンスであり、保守思想そのものなのです。

ああ、そうかもしれない。これもまた、「永遠の微調整」だろうか。国家の改革の問題に比べたら冗談みたいに小さなことだが、でも、踏み切れなかった。これまで自分のことを、どちらかといえば「革命」のほうにシンパシーを抱く性質である、と思ってきたのが滑稽なほどだ。いざとなれば、こんなことでためらうのだ。結局、机の位置を変えるというアイデアを思いついてから、わたしは三週間、授業三回分も、それを実行できずに過ごした。

きびきびと片付けをする夫を目で追いながら、そのときも、「永遠の微調整」のことを考えていた。

詩が書けなくなればなるほど、いよいよ、詩人は詩人になる。
だんだんと詩が下手になるので、自分はうれしくてたまらない。

と書いたのは山村暮鳥だが、わたしは結婚して三年、自分がだんだんと「夫婦」が下手になっている気がしてならない。そして、もう、まったくうれしいとは思わない。たまったもんじゃない。

夫は掃除が好きで、そして、わたしは致命的に嫌いである。客観的に見たら散らかっている、というのはわかるけれど、しかし散らかりあとにもわたしなりの秩序があって、できるならそれを壊されたくない。読みかけの本の山を夫が手際よく本棚に戻していくたび、わたしの意識の上では、本が一冊ずつ消滅している。とはいえそれぐらいなら、面倒なだけでどうにか対処はできる。厄介なのは、わたしの後ろめたさだ。

掃除が嫌いなくせに、掃除が必要である、ということの正当性には、内心降伏している。それでいて、そのことが自分の暮らしぶりにとって都合が悪いために、できるだけ降伏していないふりをしている。それがわたしである。

本の所在がどうこうと先にも述べたけれど、それはいちおう言ってみているだけの、勝ち筋の見えない反論でしかない。その証拠に、掃除をすると、わたしだって気分がいいのだ。掃除がそこまで悪くないことも、なんなら当の読書のパフォーマンスさえ掃除をしたほうが上がることも、しっかりわかっているのである。

しかし夫に、

「ね、掃除したほうが気持ちいいでしょ」

と言われると、とっさに首を横に振る。

「いやいや、わたしは散らかってるほうが過ごしやすいんだけどね。でもあんまり散らかるとさすがに困るし、衛生もあるもんね!」

苦しいポジショントークを見抜いているのかいないのか、夫は苦笑して、クイックルワイパーのシートを丸めて捨てる。わたしはそれを、ただ眺めている。自分の弱みを隠そうとするあまり、愚かにも行動の選択肢が狭まり、結果「掃除に反対はしないものの、頼まれるまでは傍観に徹する」という態度をとるしかなくなっているのだ。

そして、そのくせ、なんだか胸がつぶれそうになっている。

夫が散らかったものを定位置に戻し、掃除機をかけ、クイックルワイパーをかけるのを見ていると、そのひとつひとつ、自分の悪い行いを糾弾しているように見えてくる。じゃあせめて散らかさなければいいのだが、それはできない。試したけれどだめだった、どうしても、散らかしてしまう。そしてそのことを、本当はとても後ろめたく、心苦しく思っている。

夫がはなからわたしに頼らずひとりで掃除をはじめることも、掃除嫌いなわたしとしてはうれしく、助かる一方で、散らかしているわたしとしては居たたまれない。手際よくゴミを捨て、埃を拭き取る夫の姿に、次はわたしか、と思っている。掃除が「夫VS汚れ」というマッチメイクだとしたら、わたしはどう考えても汚れチームだからだ。敵。

何度か、掃除をしている夫を見て、さめざめと泣いた。夫からしてみれば、わたしの散らかしたものを文句も言わずひとりで引き受けているのだから、わたしが急に泣く理由に合点がいかない。それで、そのたびになんとなくギスギスした。ああ、「夫婦」が下手になっていく。後ろめたさが埃のように、知らず知らず積もって。

考えてみれば、掃除もまた、「永遠の微調整」的な要素を持っている。なにもかも抜本的に変えてしまおうとするのではなく、いまある悪い部分を的確に反省して、一歩ずつよくしていく。どうやら、夫によるその的確な反省が、わたしにつらいらしい。否定すべき現状へと向かう矛先が、散らかった部屋を貫通して、まっすぐわたしへ刺さってくるように思えることが。

実は、これまで、自分がここまで改善をおそれる性質だとは、まったく思っていなかった。机の位置にしてもそう、夫の掃除にしてもそう。どちらかというと変化を好んでいるほうだと思っていたのに、「微調整」となると急にびっくりするほど弱腰になる。ようは、派手な変化、いわば「革命」ならばむしろなあなあで受け入れられる一方、自分が日常のなかで確実に間違いを重ねてきたと気づかされるのは怖いのだった。

そう思ったその日のうちに、机の位置を変えた。胸がどきどきしていた。

次の授業で教室に入ってきた兄弟は、「あれ、なんか変わってる！」と言ったくらいで、自然に席についた。そしてなんと、それなりにわたしの思惑どおりになった。はじめはまだ机が離れていたころの名残りが残っていたようだったけれど、L字で何週間か過ごすうち、ふしぎとふたりとも、それぞれのすることに集中できるようになってきた。弟は席を立たなくなったし、兄の質問にも答えやすくなった。おかげで兄の勉強は進んだし、弟も短い問題なら解けるようになった。多少はおしゃべりもするとはいえ、かまわないと思える範囲に収まっている。単に兄が入塾して時間が経ち、その環境に慣れただけかもしれないけれど、それにしてもあまりに顕著な変化だった。

わたしは夫に、自分の散らかすことを認めてもらいたかった。もちろん、彼がどんどん掃除をすることもまた「認める」の一形態であるということもわかった上で、しかし、散らかっているままでいいと言われたかった。自分のどうしようもなく散らかすことが自分で受け入れがたくて、代わりに夫に受け入れてもらおうとしていた。いわゆる、「ありのままの自分」なんてもので、いつづけさせてほしかった。

けれども、自分で振り返ってみて、思う。「ありのまま」がいいのなら、教育なんて仕事は選ばなかった。正直に言うと、兄弟が好き放題しているときの授業は、わたしもちょっと楽しかった。いいかげんな短歌が大量にできていくのもおもしろかったし、ときどき兄がつられて短歌や詩を書いているのもよかった。それこそがクリエイティブな場なのだ、と、言い張れなくもない気もした。読み書きを楽しいと思ってもらうことを、もっと言えば、なにかをおもしろがる目線を身につけてもらうことを、仮にこの教室のゴールだとするなら、もう特に教えることもないかな、という考えが、頭をよぎることもあった。

しかし、それではやっぱりいけなかった。「ありのままに」というのは、教育の業界でもときどき聞く文句である。しかし、仮に彼らの現状を肯定したいと思ったとしても、それが教えているわたし自身の現状が否定されないための口実でないか、厳しく疑わないといけない。だいたい、ときに「ありのまま」を認めることが必要になるにしたって、たかだか今できる範囲のことだけを彼らの「ありのまま」とみなし、そのあとにできるようになるたくさんのことに見てみぬふりをしてしまうんであれば、そんなに失礼なことはない。このごろ国文法に熱心になり、「主語と述語の四つの基本形」をたずねると競いあって暗誦するようになった兄弟を見ていて、思う。ああ、この人たちに「ありのままではいけない」と言いつづけられるのは、しんどくて、そして、うれしいことだ。

ちなみに、机の位置を変えてからも、弟は短歌を作りつづけている。それどころか、彼の短歌には少しずつ、当初の工夫と魅力とが戻ってきたのだった。

きのう、夫がいないうちに、家中に掃除機をかけた。椅子の下の埃も払ったし、散らかしていた本も、まあ、せめてひとつの山にした。帰ってきた夫は「えー?」と笑って、「掃除、楽しいでしょ?」と言った。一瞬迷ってから、しかしはっきりと、「うん」と答えた。これもまた、終わってみるとあまりにささいで、くだらない気持ちになってくる。しかし、しかたない、微調整、微調整。自分に言い聞かせている。微調整、永遠に、わたしたちは、よりよくなっていかないといけない。

さて、先に引用した山村暮鳥の言葉は詩集『雲』の序文である。最後に、『雲』のなかから一篇を紹介したい。

りんご

兩手をどんなに
大きく大きく
ひろげても
かかへきれないこの氣持
林檎が一つ
日あたりにころがつてゐる

いや、これの、どこが、「下手」だというのか。あぶない、あぶない、騙されるところだった。

# 雲のかよひ路

教室は家の一室にある。玄関を入って左が教室、右はリビングだ。授業のあるときにはリビングにつながる扉は閉めているけれど、ときどき生徒が入ってきて、「あっ、カレーのにおいがする」という。カレーは夫の好物で、うちの食卓によく並ぶ。そんな生活の些事までも嗅ぎ取られたような気がして、なんとなく「ごめん、この向こうがすぐ生活してる空間なんです……」と謝る。教室では空気清浄機を回しているから、入ってしまえばもうカレーのにおいは薄まる。玄関から教室までの短い廊下でだけ、わたしの仕事と生活とが、かすかに交わっている。

リビングには、もらいもののこたつと、量産品のソファやテレビ棚がある。テレビがあり、ゲーム機があり、それからたくさんのぬいぐるみがある。ギターとウクレレがあり、ギターはわたしの、ウクレレは夫ので、どちらもたいしてうまくはない。四人がけの食卓は夫との二人暮らしには十分すぎる大きさで、だいたい面積の半分ぐらいは散らかったままだ。封のあいたココアの袋や、ウエットティッシュや、クッキーの空き缶に夫が詰め替えたティーバッグが、置きっぱなしになっている。

あまつ風雲のかよひ路吹きとぢよ　をとめの姿しばしとどめむ

家のなかで暮らしていて、しばしばこの歌のことを考える時間がある。ごはんを作るために原稿を中断して立ち上がるときや、カレーのにおいの玄関で生徒を見送るとき、布団に入って眠りにつく前、常夜灯をながめているときなんかに。百人一首のうちの一首で、宮中の祭事で奉納された舞の美しさを詠んだものだそうだが、頭に強く残るのは上の句であらわされた風景のほうだ。上空の風にたえまなく流れる雲、隙間から差しては消える光のいっしゅんを縫うように、向こうへすべりこんでいく天女たち。歌はそれを、風よ、どうにか雲をふさいで、押しとどめてくれないだろうか、というのだ。けれどその願いこそが、人の手には届かない存在をつかまえようとしても決してかなわないことを、反語的に示している……とまで言ってしまうのは、いささか深読みすぎるだろうか。

二階には洋室と和室があり、夫とわたしは洋室で着替え、和室に布団を敷いて眠る。その和室に、「あまつ風」のかな書道の額がかけてある。継色紙を手本にした臨書で、わたしたちが住み込む前にこの家に住んでいた人が書いたものだ。

長いあいだひとり暮らしだったというその人は、夫の大伯母、つまり祖母の姉にあたる。夫の祖母は早くに亡くなっていて、夫にとってはおばあちゃんに等しい存在だったらしい。いま住んでいるこの家は、もともとその人の家だった。引っ越してきたときにはまだ遺品が残っていて、住みこむ前に夫と何度か通い、部屋の片づけをした。いま教室にしている部屋が、まさに遺品の置いてある部屋だった。そこらじゅう埃と、樟脳のにおいがした。わたしはその人に会ったことがない。片付けをしながら夫はなつかしがっていたけれど、盗み見をしているような、なにか冒涜であるような気がして、そわそわと居心地が悪かった。遺品には書道のほかにも、その人の描いた油絵、着物や茶道の道具、好きだったというヘップバーンのポスター、小さなころの夫が描いた似顔絵、そして、教え子からの手紙があった。小学校の先生だったのだ。ふた文字で終わる自分の名前が古風なのをきらって、あとに「子」をつけて呼んでもらっていたという。女性の名前に「子」がつくのが新しくてかわいいという空気のあったころのことだ。名刺ほどの小さな写真立てに、その人の写真が入っていた。パーマのかかった茶髪に金縁のめがねをかけ、チューリップの白い刺繍が胸元に入った服を着て、どこか湖のほとりに立つ女性。

片づけが進むうちに、わたしはふしぎにその人のことを親しく思うようになっていった。夫に先立たれ、自分の子どもを持たなかったというその人が、どれほど教え子たちに慕われ、美しいものを愛したか、遺されたわずかなものにもあふれるほどに感じとれた。会ってあいさつをしたかったと思った。そして、百人一首や映画について、話を聞いてみたかった。遺品の片づけを終えたとき、「わたしたちふたりで暮らしはじめるんじゃないんだね、目には見えないけど、三人で暮らすようになるんだね」と言うと、夫は目をぱちぱちして、「ありがとう」と言った。

着物は処分してもいいと言われていたけれど、同じく遺品である桐簞笥のなかに残した。簞笥のほかにも鏡台と、食器棚とをそのまま引き継いで、油絵をリビングに、「あまつ風」の臨書を寝室に、そして小さな写真立てを、小さな一輪挿しのそばに飾った。ときどき花を買ってくると、一輪、二輪を写真の下にも分ける。本当は仏花のほうがいいのかもしれないけれど、ひまわりやダリアの大輪が、湖の写真に似合うと思った。

古い木造だからかもしれないけれど、ときどき天井や、後ろのほうで音がする。一階にいるときには二階で、二階にいるときには一階で、だれかが歩いたような気がする。もしかして、と思う。そういうときに、窓から差し込む光の中をひらりと通ってゆく、存在しないものの存在のことを考える。けれど追いかけようとすると、つかみがたく消えてしまう。

授業がはじまる前、リビングにつながる扉を閉め、洗面所をカーテンで隠し、脱ぎっぱなしの靴をしまって、休日は玄関に置いているエコバッグをリビングに避難させる。だいたいギリギリに片づけをはじめることもあり、あわてて、乱暴にやる。だんだん証拠隠滅でもしているみたいな気分になってくる。けれどわたしは、なにを隠しているのだろう。家の一室であることは当然生徒たちも知っていて、とくにやましいこともないのに、公共料金のハガキや、ドラッグストアの割引券が、後ろめたいのはどうしてだろう。

隠したいと思うのは、いつも生活である。日々の買いものや家事、この家で確かに行われている、しかし教室とは関係のないこと。わたしと夫によって作られる、生徒たちの立ち入らない時間。わたしにはそれが、暗に彼らを拒んでしまうのではないかという気がするのだ。

たとえば外出先で、はじめて入る小さな食堂。「営業中」の札がかかった引き戸をあけると店主らしき夫婦が座って休んでいて、その机にはレシートや書類のようなものが散らばっている。よく見るとほかに食事をしている客もいるし、「どうぞ」と立ち上がるところを見ると営業はしているらしいけれど、なんとなく居たたまれない。そういうときにわたしはほかでもない、生活に気圧されている。食事や買いものは多くの場合、気の許せる人以外には閉ざされた場所で行われる。それがひるがえって、知らない人の食事や買いもののの気配を見せられると、自分がそこにいてはいけないような気持ちにさせるのだ。生活は本質的に客を拒む。生活のために必要なものは、家にいる人のためのもので、客のためのものではないからだ。

この家は、生活することと招き入れることとの、両方を行う。そしてやってくる生徒たちには、ここに自分がいていいのだと思ってもらいたいと思っている。わたしと夫が食事をし、テレビを観たりゲームをしたりし、眠るための場所でもあるこの家が、同時に彼ら彼女らのための場所でもあってほしいと思っている。だから授業のときにはつい、生活を見えないところへ追いやってしまいたくなる。

ところがあるとき、読解の問題を解いていた生徒がふっと手を止め、こちらを向いてにんまり笑った。夜のコマが半分すぎたくらいのころのことだった。そのときにはすでに、その子がなんで笑っているのか、うんざりするほどよくわかっていた。わたしももう、苦笑するしかなかった。「聞こえましたか?」と言うと、「はい」という。ふだんはまじめで、あまり自分から雑談をすることはないその子が、隠しきれないというふうにくすくす笑いを漏らす。

教室と廊下を隔てるドアの向こうから、歌が聞こえていた。夫である。授業中に帰ってきた夫が、二階で歌を歌っているのだった。最悪だ。生活にもほどがある。夜のコマだと途中で夫が帰ってくることもよくあり、ふだんから彼も気をつかって決して姿を見せないようにしてくれてはいるのだが、二階から一階まで聞こえるとは思わずに油断していたらしい。わたしはもう申し訳ないやら恥ずかしいやらで、「聞こえてないと思ってるんだね……あほだね……」と言って夫のせいにした。けれども生徒のほうは、そんなに気にしていないみたいだった。歌が止まっても、ずっと喉のところで静かに笑っている。ふだんより上機嫌に見えるぐらいだった。

ふたつの機能を持つこの家はそれからも、ときどきそういう衝突を起こした。不在票を片づけ忘れて「これなに?」「なにが届くの?」「どこで買ったの?」「いつ届くの?」と質問責めにされたこともあったし、風でベランダから落ちていたタオルを「タオルあったよ」と持ってきてくれたこともあった。カレーのにおいにしたってそうだ。子どもたちは、わたしのおそれていたよりも生活に対して寛容で、むしろおもしろがってあれこれ聞きたがる。意図せずまろび出てしまったわたしの生活は、彼ら彼女らにとってはわたしの知らない一面に見え、興味をそそるらしかった。

生活を隠そうと思うとき、わたしの忘れていたことがある。生徒たちとわたしとの関係は、はじめて行く食堂の店主と客との関係とは異なるということだ。毎週会いつづけているうち、わたしたちはすでにお互い知らない人ではなくなっているし、さいわいこの家も、ある程度は親しみを持てる場所だと思ってもらえているらしい。そうなると生活の気配の威力は案外弱く、簡単に彼ら彼女らを排外することはできない。ときに家や生活が強烈に閉ざされようとすることはあるし、それを警戒しつづけなければいけないと思うとしても、しかし同時に生活というものは、案外簡単に侵入を許してしまいもするものなのかもしれない。

玄関の傘立てには、持ち手が犬の頭になっている靴べらが入っている。それもまた、夫の大伯母の遺品だ。新しいスニーカーを履こうとして苦戦している生徒にそれを渡すと、「わっ、かわいい」と言う。

「先生が買ったの？」

「ちがうよ。前にこの家に住んでた人が使ってたのをそのまま置いてるの」

教室を開くのに近所にあいさつをして回ったとき、お隣のおじさんが教えてくれたことによれば、亡くなった夫の大伯母はこの家にしょっちゅう仲間の先生たちを招き、お茶会をしていたらしい。それはそれはにぎやかだったという。確かに、遺品にはひとり暮らしとは思えないほどティーカップがたくさんあった。そんな家だから、子どもたちのことも、存在しない存在まで、あっさり通してしまうのかもしれない。そう思うといつも、心強い気がする。ひとりでいるときにさえ、ひとりでないような心地がする。風は南北によく通るという。

この家のドアは南を向いていて、開けるといつも、風が吹き込む。

# 事象がわたしを

書くそばから書いたことを忘れていく悪いくせが、このごろはいっそう悪化している。昨年出した夫についてのエッセイ集（『夫婦間における愛の適温』）を読みかえすと、自分で書いたくせ、ときにしみじみとなつかしく、ときに目新しい。ものごとを自分の頭の外に覚えておけるのは書くことの醍醐味でもある。エッセイのなかで、「夫」はわたしと言葉を交わし、ときにわたしの言動を笑い、またときには呆れて突き放し、ときに怒る。ひとつひとつはささいな、それ以上でも以下でもないようなことでも、続けて読んでいくと「夫」というひとりの人間があらわれてくるようなのがおもしろい。あることに笑う人が、あることに怒る。なにかしたあとのその人が、また次にはほかのことをする。そのような積み重ねを、わたしたちは頭のなかでつなぎあわせ、ひとりの人間像を作りあげるらしい。わたしの書いた文章のなかに、わたしが「夫」と呼ぶその人は、たしかに存在している。ときに、書かれていない部分を想起させるという形で、わたしの書いたことを逸脱さえしながら。
そしてそれは、わたしの夫ではない。

自分でも笑えるくらい、夫のことばかり書いてきた。義母に心配されながら寿司を食べる夫、マッサージのへたな夫、テレビを見ながらへんな顔をする夫、わたしが障子を破いたのを怒る夫。どれも本当にあったことで、このようにひとつひとつのできごとを取り出せば、それは現実にいるわたしの夫と一致する。わたしにも、おそらく夫本人にも、その覚えがある。そういう意味で、わたしは夫のことを書くことができる。けれどもそのできごとの重なりから、わたしによって書かれた「夫」というある男を想像するとき、それはわたしの夫ではない。できごととできごととをひとりの人間へ結ぶ一本の線があるとして、そしてそれがわたしの夫であるとして、わたしに書かれた「夫」の線は、わたしの夫と同じ道を経由できない。けっして、できない。夫のことばかり書いてきた一方でわたしは、その何百何千倍も、夫のことを書き漏らしてきたからだ。仮に、わたしに見えている夫のことを余さず書けたとしてもそれは夫の一面にすぎないというのに、しかしそのたった一面さえも、平気で書きそこなってきた。そういう意味で、わたしは夫のことを書くことができない。

ときどき、ライブやトークイベントに夫がやってくる。エッセイの刊行以降はおもしろがって、本を読んできてくれたお客さんに「あれが例の夫ですよ」と耳うちする。そうするとほとんどかならず「えーっ」と驚かれ、それから「読んだイメージとちがいました」と言われる。わたしはそれを聞いて、にこにこする。そりゃあ、そうだ、と思う。自分の書いた「夫」が現実の夫に満たなかったことがうれしいのだ。

なにも、わざと不完全に書いているわけではない。書けるだけ書こうとしているのに、夫のほうでわたしの言葉からこぼれ落ちてしまう。ひとつひとつのできごとをどれほど追いかけても、夫という人間そのものをつかまえることはできない。それはまずはわたしの技量の問題であって、くやしくて、うれしい。夫がつねにわたしの想像を上回り、言葉の届かない美しい場所で息をすることが。わたしごときが必死で書いたくらいでは、夫を書き切ってしまわずにすむことが。

夫だけではない。書くことによって事象は、書かれたことと書かれなかったこととに二分される。なにをどう書こうとも、書かれなかったことがかならずあまる。

そういう意味でわたしは、なにのことも書くことができない。

大人向けの詩の講座をやるときにはだいたい、詩をひとりひとつ書き、めいめい発表をし、そして最後に感想を聞いて終わる。そうすると、詩作から発表までひとりずつに分かたれていた空気がまろやかに合わさり、そのまろやかさに乗るように解散できるのがいい。一体感はたいしてないけれど、かといってさびしすぎない、ぐらいの講座を目指す。さびしいというのはさびしいものだし、しかし一体感なんてあったところでどうにもならないからである。

感想の順番が回ってきたとき、長く通ってくれているサラリーマンの男性はうかない顔をしていた。発表のときから、ずっとそうだった。

「午前中、ここに来る前に、オンラインで会社の研修があったんです。そこで、自己肯定感について話があって」

ときどき、さっき自分が書いた詩へ目を落としながら、男性はゆっくりと聞き取りやすい声でしゃべった。

「ぼくはあんまり自己肯定感について考えたことがなかったんだけど、なるほどなあ、自己肯定感、あるといいのかもなあ、と思いながらここに来たんですね。そしたらなかなか思ったとおりには書けないし、みなさんの発表聞いてても、ああ、自分にはこんなの書けないなあ、すごいなあ、と思うし、それでいま、なんとなく、自己肯定感が下がりましたね」

えった。

「ひゃー！」

ひゃー！　と言ったのはわたしで、歓声だった。手を叩いて喜んでから、はっと我にか

「あっ、すいません。めっちゃ喜んでしまった」

「いや、いいんです」

「そしてせっかく研修受けたのに、下げちゃいましたか、それもすいません」

「いいんです、いいんです」

講師にしてこの性格の悪さ、というのは置いておくとして、落ち込んでいるのをからかいたかったわけではなく、本当にうれしかったのだ。これで「自己肯定感が上がりました」なんて言われた日にはいじけて帰ったことだろう。もちろん、「書けた」と思ってもらえるのはよいものだ。その瞬間のために講座をしたり、教室をひらいたりしていることにまちがいはない。けれども同時に、なにかを書こうとして、そして「書けなかった」と思ってもらえることもまた、かけがえなくうれしい。そのときその人は、書かれなかった事象のほうを向いているからだ。

書くことは、事象を書かれたことと書かれなかったこととに二分するにすぎない。それなのにわたしたちはややもすると、書かれたものが事象のすべてであるかのように誤解し

そうになる。言葉にされなかったものは存在しないかのように、やすやすと「書けた」と思いそうになる。言うまでもなくわたしだってそうで、だから生きている夫がわたしの書く「夫」を超えていくことが、その慢心を思い知らせてくれるようでうれしいのだ。それはつまるところ、夫が生きているというそのことがうれしい、という地点へ、かぎりなく近づく。そしてそうなればもう、自分のことを肯定できるかどうかなんて、ささいなことにならざるをえない。混沌として、あまりに巨大な、事象の烈しさの前では。

それでそのとき、「自己肯定感」なるものをやすやすと上げてしまわなかった彼のうかない顔が、わたしには自分の仕事に与えられたご褒美のように思えたのだった。

それになにより、その書けなさこそが、次のひと文字めを書かせるという確かな実感がある。成功体験でモチベーションが上がるなんてよくいうけれど、わたしの場合は逆で、書いても書いても書ききらないから、また書きたいと思いたつのだ。書くことにそのような魔力があるのか、それともわたしの昔からの負けずぎらいが悪さをしてなのか、わからない。

吉原幸子の詩に、まさにそのような感覚を晴れ晴れと、けれどどこか色っぽく歌い上げたものがある。

## これから

吉原幸子

わたしは　生れてしまった
わたしは　途中まで歩いてしまった
わたしは　あちこちに書いてしまった
余白　もう
余白しか　のこってゐない

ぜんぶまっ白の紙が欲しい　何も書いてない
いつも　何も書いてない紙
いつも　これから書ける紙

（書いてしまへば書けないことが

書かないうちなら　書かれようとしてゐるのだ）

雲にでも　みの虫にでも　バラにでも
何にでも　これからなれる　いのちが欲しい

出さなかった手紙
うけとらなかった　手紙が欲しい

これから歩かうとする
青い青い野原が欲しい

吉原のいうとおり、わたしたちにはいつでも、書けないことが準備されている。書こうとするほどにくやしくもどかしいけれど、しかし書けないことがないのなら、生きているこのいまのどんなに味気ないことだろう。書けなさがわたしを生かす。それはつまるところ、事象がわたしを生かすということに、かぎりなく近づく。

この文章を書いているあいだ、夫が帰ってきて、シャワーを浴びに行った。さっき風呂場のドアが開く音がして、脱衣所と廊下を隔てるカーテンには、裸の影が動いている。もしもいまふざけてカーテンをあけたら、声をあげていやがるだろう。髪の毛を乾かしおわったら、わたしのいるリビングへやってくるだろう。そうして、なにかひとこと、ふたこと、言うだろう。夜になれば、かならず枕を抱くように、うつ伏せで眠るだろう。どれほど言葉を尽くしても、わたしの書く夫は、生きている夫そのものにはなりえない。わかっていて、わたしはなお書いている。ドライヤーの止まるしずかな音がする。あと何秒かで、夫がここへやってくる。

# 湯船に浸かる

空前のサウナブームであるらしい。スーパー銭湯に行けばサウナグッズやサウナ専用ドリンクが売られているし、SNSでもプロフィールに「サ活」と書いている人をしょっちゅう見かける。「サ活」アカウントたちは互いに、各地のサウナに行った報告をし、なるべく高温のサウナとなるべく低温の水風呂の情報を交換する。なぜそれがそんなに重要かといえば、そのふたつに交互に身をさらすことによって、最終的に「ととのう」からなのだそうだ。

「ととのう」という言葉は、もともとサウナ愛好家のブログが発祥の用語で、それが漫画『サ道』によって一般に知られることになった。

サウナと水風呂を何度か往復したら／身体をタオルでよく拭いて／イスに深

く腰かけたりベンチに寝たりして休憩する／サウナの醍醐味はここからである／じーんと身体がしびれてきて／ディープリラックスの状態がやってくる／血液が身体中を駆け巡り脳に酸素がゆきわたる／やがて多幸感…／サウナトランス／「ととのったぁあああああ」

つまり「ととのう」とは、サウナで特定のルーティンを行うと得られる心身の反応である。「トランス」と言っているとおり、漫画では星が飛び散るトリップ描写とともに作者が「ととのって」いる。読んでいると確かに、一度体験してみたくなる。「熱い」と「冷たい」とを往復するだけで、そんな非日常的な体験ができるのだろうか。

ブームを受けて、わたしの周辺にもサウナ好きがうようよ増えてきている。代表格が義兄で、夫家族の集まりの最中に突如サウナに消えたときには度肝を抜かれた。一次会のあと気づいたらいなくなっていて、二次会の半ばにしれっと戻ってきたときにはツヤツヤになっていた。義兄といってもわたしから辿ると、夫の・姉の・夫にあたる人である。つまり夫家族の集まりにおいては貴重な「外様仲間」であるにもかかわらず、そんなに自由にふるまわれては、かえってこちらの立つ瀬がない。サウナが悪いわけではないのだが、しかしなんとなくサウナに迷惑をかけられた気持ちになるのもしかたない。

私見にすぎないが、サウナにはまる者というのは、わたしの知りあいのなかでも凝り性が多いように思う。義兄は独自のハイボールのレシピを持っているし、ほかにファッションマニアの友人、シネフィルの友人。彼らにつられて、わたしも何度か実際に行ってみた。トランス……という域には達せなかったけれど、何度かサウナと水風呂とを往復したあとに休憩していると、確かににじんわりといい気分になってくる。「血液が身体中を駆け巡る」感じもするし、それよりなにより、達成感がある。

サウナに入るのも水風呂に浸かるのも、いざやってみると、それ自体さして気持ちのいいものではない。どちらかというと、つらい。ただひとつ気持ちいい要素があるとすれば、サウナ室の中に置かれている時計だ。つらい時間がきちんと進んでいると思えることが、そしてそれに耐えている自分を外側から見る視線が、気持ちいい。時計を見て気持ちよくなるためにサウナに入っている、と感じる。

そして、時計による快楽が「つらい時間がきちんと進んでいる」ことによるものであるとすれば、ルーティンの最後、椅子に座り、いざ「ととのう」をしようとするときの快楽は、「つらい時間が終わった」ことによるものだろう。身体的な反応もあるとはいえ、それ以上にそのうれしさが大きい。サウナと水風呂の往復という意外に長いルーティンに耐えているときも、心のなかでは外に置いてあるこの椅子を目指してきたわけで、その到達の実感が、のぼせた頭をさらに高揚させる。

なるほど、これが、「ととのう」か。もしかしたらぜんぜん違うかもしれない。けれどそのように考えると、凝り性の友たちがつぎつぎサウナに籠絡されていったことにも合点がいく。

なにを隠そう、わたしもまた凝り性ズの一員であるから、よくわかる。われわれのような者は、極端にいえば、達成にしか関心を持っていない。そうは言っても達成に向かっていくときは楽しいんでしょう、と思われがちだが、まったくそうではない。サウナと同じで、過程はひたすらにつらい。強いて言うならば、このつらい時間が達成に向かっているのだ、という一点においてのみ、かろうじて気持ちがいい。いざ達成したときには一瞬いい気分になるけれど、すぐにまたつらいところへ戻る。そうしなければ次の達成が得られないからだ。健気にも、そのかすかな一瞬のためにがんばるわけだ。

そして、サウナに入っていると、普通なら最低でも数日、長ければ年単位で時間のかかるそのサイクルを、たかだか数十分で終えられる。ちょっとしたつらい思いのあとの、ちょっとした達成。それが、凝り性たちを魅了するのではなかろうか。

けれども、わたしはそこまでサウナに入れあげることはなかった。実際のところちゃんと「ととのう」ができていなかったからかもしれないけれど、ともかくそこまでの熱量を持てなかった。はじめは友人と往復の回数を報告しあったりしていたものの、何度か試すうち、一度減り、二度減って、そのうちそもそもサウナには入らなくなってしまった。

代わりに、湯船に浸かる。かなり長いこと浸かっている。湯船は、べつにつらくない。ずっとぼんやりとあたたかい。しかし強いて言うならば、ひとつだけつらい。湯船に浸かっているあいだ、自分はなにも行っていないように思われることが、どこかでずっと心を圧迫している。いつでもたくさん抱えている、大小さまざまな達成への道のりのどれひとつ、湯船の中ではゴールへ進んでいかない。

生徒が作文用紙を前に固まっているとき、実を言えば、いつも心臓が止まりそうな気持ちがしている。なにか話しかけたいと思うけれど、しかし目はしっかり開いて紙の上を見ていて、ときどき構想を書いたメモをめくったり、戻したりしている。ペンも握ったままだ。まだ話しかけてはいけない。

こちらがじっと見ているとやりづらいだろうから、わたしもわたしでパソコンに向かう。作文を書くのを待っているあいだは、わざと自分も原稿を書くことにしている。パソコンの画面全体をテキストエディタにして、できれば、詩よりもエッセイを書く。そうしていながらも、見るともなく生徒を見ている。わたしの手もまた、ときどきぴたっと固まる。

そしてそのあいだ、生徒もまた、見るともなくこちらを見ているのがわかる。わたしがふたたび文字を打ちはじめると、また机のほうに向きなおる。

作文用紙はまだ真っ白なままだ。こういうときの白紙というのは、実際よりはるかに広く、そして、白く、白く見える。テーマと大まかな構成はさっき話をして決めたから、書くことがなくて困っているわけではない。おそらく、構成を自分で理解しきれていないか、全体はつかんでいるけれど書き出しが浮かばないか、そもそもこのテーマに気が乗らなくなってきたか、のいずれかだろう。そして彼女の場合、三つ目のときは早めにヘルプを出してくれることが多い。とすると、このテーマを書くことにはある程度肚が決まっていて、その先でつまずいているのだろう、と憶測できる。

書きたくなければ、やめてしまえばいい。彼女の場合、幸いそれだけの自由さはあって、これまで何度もそのように頓挫したり、テーマを変えたりしてきた。けれどそうしないということは、いまなにか、書こうとしているのだな。

だから、いまはわたしからはなにも言えない。心のなかで、そうだな、と思う。こういうときに、がんばれ、と思うことはない。ただ、そうだな、そうだな、と思う。

白紙というのは本当につらいもので、これはサウナなどとは比べものにならない。なんたって、サウナには時計がある。だから座っていれば、着実に達成のほうへ進んでいっていることがわかる。けれど、白紙にはそれがない。ただ座っているだけではなにも前進しない、もしかしたら、このままいつまでも一文字も書けないかもしれない。どちらかと言えば、湯船のあのつらさに近い。なにもしていないことは楽だが、しかしそのぶん、ずっと締めつけられるようにつらい。

けれども確かな実感として、その、湯船の時間が、本当のところではわたしに書かせている。

白紙の前でじっと耐えている時間にも、頭のなかではなにかが起こっている。言葉になる前のなにか、前進とも呼べないなにかが、しかし消えてなくなることもできず、切々と渦巻いている。それを避けていては、前進のつらさにさえ辿りつくことはできない。もっと悪いことには、立ち止まるつらさに耐えかねて、簡単に出せる結論のほうへ飛びついてしまうことさえある。本来ひどく入り組んでいて、すぐには扱えないはずのことを、わかったような顔をして済ませてしまいそうになる。そうしないために、そうだな、わたしたちにはこの沈黙が必要なのだ。

書けない者はつらい。そしてそれを黙って見ていないといけないのも、同じように、もしかすると自分が書けないとき以上に、とてもつらい。書くことを教える仕事をするようになって、初めてわかったことだった。

それから、わたしたちは四十分あまりも、そのまま押し黙っていた。沈黙を破ったのは生徒のほうだった。

「あー。わかんなくなっちゃった。ごめん、やっぱ、なんか違うかも」

そう言ってもらってはじめて、「おーそうか、どこが違う?」と答えられた。わたしたちはもう一度構成について話しあい、テーマは同じまま、至る結論を変更することになった。からまっていたものがほどけたように、彼女はするすると最初の段落を書き上げ、そこでまた止まって、そのたび少しだけ助言をして、完成したのはその翌々週のことだった。

結局わたしが手助けしているわけで、側から見ればあっけない幕切れに思われるかもしれない。けれど、彼女が白紙に向かいつづけた四十分間の値打ちは、そんなことでは失われない。わたしは、あの重たい沈黙を味わうために、この仕事をしているといっていい。

だからやっぱり、サウナに入れ込むことはできない。

実のところ、「ととのう」達成感を感じたとして、わたしがなにも行っていないことには変わりがないのだ。けれど、サウナのちょっとした達成の快楽が、そのことを忘れさせる。

なんとなくツヤツヤと、よいことをしたように思わせる。そしてサウナのほかにも、そのようなものはあちこちに手をこまねいている。だからときに、押し黙らなくてはいけない。ちょっとした達成を注意深く拒み、手も足も出ない裸の自分というものを、ときに生きなくてはいけない。

湯船に浸かるたびそのことを思う。水面はきらきらと光りながらゆれて、注視をたやすくはねのける。風呂から出たら、なにか書こうと思う。まだなにが書けるかはわからないけれど、しかしなにか、書きはじめようと思う。

# かわいくはないよそもの

普段そこまで飲まないと言っていたはずのサカキさんは、もう三杯目を飲みはじめていた。下戸のわたしはパッションフルーツジュースをちょっとずつ口に含みながら、それでもお店のうす暗いのと、サカキさんの話すトーンがどんどん明るくなっていくのに、自分の頬まで上気してくるような気がしていた。めずらしく新たに親しくなった相手との、めずらしく一対一の飲み会だった。サカキさんも国語教育に関する仕事をしていて、直接対面するのはこれで二回目。といっても一回目はわたしのやっているイベントに来てくれただけで、ふたりきりどころか、ゆっくり話すことさえはじめてだった。

「新美南吉の、『人間に生れてしまったけれど』っていう作品があって」

机に両肘をついて両手でグラスを持ち、こちらをじっと見つめながら、サカキさんは言った。

「ほんとは小鳥なんですけど、まちがって人間に生まれてしまうんですよ。そんなふうに思いながら、でも、人間のまま一生を過ごして、死んでしまうんです。その作品のことを初めて知ったとき、ああ、わたしもそうだなあ、と、思いました。自分が人間っていうこと、たしかに、しっくり来なくないですか？　来てますか？」

サカキさんは、とてもすてきな声をしている。ひと言ずつ立ち止まって考えているようでありながら、しかし出した声が一直線に次の声を呼ぶような、独特のメロディがある話しかたをする。わたしはそのメロディに気を取られて、サカキさんの話した内容を理解するのが、一瞬、遅れる。

サカキさんの話していた新美南吉の作品というのは、おそらく「墓碑銘」という詩のことだろう。

この石の上を過ぎる
小鳥達よ、
しばしここに翼をやすめよ
この石の下に眠つてゐるのは

お前達の仲間の一人だ
何かの間違ひで
人間に生れてしまつたけれど
(彼は一生それを悔ひてゐた)
魂はお前達と
ちつとも異らなかった

墓の下で眠る、本当は小鳥の魂を持っていたのに、「何かの間違ひで／人間に生れてしまつた」ひとりの男。詩の語り手は小鳥たちに呼びかける形で、人間として暮らした男の生涯を静かに語る。

彼には人間達のやうに
お互を傷けあつて生きる勇気は
とてもなかつた
彼には人間達のやうに
現実と闘つてゆく勇気は

とてもなかつた
ところが現実の方では
勝手に彼に挑んで来た
そのため臆病な彼は
いつも逃げてばかりゐた

自分がよそものであると、わたしにはっきりわかったのは、初めて入社した会社でのことだった。就職せずに大学を卒業してみてしばらく、それでもいっぺんは会社勤めというものをやってみなければ、それ以前に生計を立てなければ、要は生きていかなければ、というので、消去法で入った会社だった。採る側の消去法とわたし側の消去法を重ねあわせた結果、選択肢はひとつしか残らなかった。

そこは人材紹介の会社で、就職したいクライアントとかわるがわる会い、合いそうな条件の仕事があれば紹介することがわたしの仕事になった。クライアントが聞かせてくれるそれぞれの悩みや人生の話はおもしろかったし、自分もつい数か月前までは糊口をしのぐことに思い悩んでいたこともあって、できるかぎり力になりたいとも思った。

けれど、毎朝エレベーターに乗り、会社の玄関をくぐっていても、自分がこの会社の一員である、という気持ちは、どうしても芽生えてこなかった。就職をしただけで、自分の目指すところと会社の目指すところが融けあうように一緒になる、というのがよくわからない。自分の生存のために会社の存続を願う、という長期的な利害の一致があることはかろうじてわかるとしても、それが、自分がこの会社のなかでえらくなりたいとか、他人の決めた社訓を体現する人間になりたいとか、そういうところへつながっていかない。

それでぼんやりしたまま、毎朝サファリパークに出かけるような気持ちで出社をした。ときどき気が乗ると、ライオンに餌をやってみるように、わざとハイッ、と短く返事をしたり、サラダを取り分けたり、先輩と上司と社長のそれぞれに接する態度に凝った勾配をつけてみたりして、それなりに楽しかった。

初めのうちは、きっとみんな自分と同じくらいに冷めていて、例の長期的な利害の一致のために表面上合わせているだけだと思っていた。なんだか大人というものはそういうものらしい、と聞きかじってもいた。それぞれのサファリパークがあり、それが多層に重なりあった複雑な場所、それが会社なのだ……というようなことさえ考えた。しかし、飲み会やら事業部ミーティングやら社訓の唱和やらを重ねるうちに、ゆっくりと悟った。どうやらみんな、多かれ少なかれ、会社というこの全体のことを本心から大切に思っているらしい。そして自らがその部分であることを、とっくの昔につるりと受け入れているらしい。

よそものなのは、わたしだけだった。いつも頭のなかでいまは言えない言葉がはじけていて、スーッや「ハイッ」が暇つぶしになったとしても、本当のところではずっと退屈だった。

それであるとき、どうせよそものなら、かわいいよそものにならねば、と思いついた。よそものの鑑といえばドラえもんである。ひとりだけ未来から来ていて、それをまったく隠していないのに、みんなに愛されている。かわいいからだ。見た目も丸くて安全そうだし、話すときちんと弱点もあり、人間から見て親しみが持てる。それでにこにこしたりしてみたものの、どうも手ごたえがない。むしろ居心地が悪いような気がする。

試行錯誤をしていたあるとき、夫に笑われた。ちょっとしたもめごとを起こして、カリカリ怒っていた夜のことだ。

「君が怒ってる時って、なんで怒ってるのか聞いても全然わかんないんだよね。たまに、こんなに気むずかしい人がなんでおれにだけなついたんだろ、と思うよ。動物っぽいよね。君がなんかわかんないけど怒ってるとき、村娘のおれは言うわけ。『やめて！　そのドラゴンは確かに暴れたし、結果として村は全焼したけれども、でも悪いドラゴンじゃないのよ！』でも村人はぜんぜんわかってくれないわけ。で君は殺される。そしておれは泣く……」

「えーっ……」

これにはさすがに、力が抜けた。かわいくないにもほどがある。村を焼くドラゴンは、ドラえもんの真反対じゃないか。そして実際、わたしはほどなくしてクビになった。たった半年のサファリパークだった。

さて、その点、出張授業のゲスト講師という仕事はすばらしい。相当「よそもの」的である。すでにできあがった関係のなかにひとりふらっと出かけていって、パンダのようにめずらしがられながら、自分の専門としていること、わたしの場合は詩を、教えて帰ってくればいい。

一度、出張授業で出かけた先の学校の先生に、「子どもとなじむのが早い」と褒めてもらった。村娘、こと、夫にそう話すと、「ほんと君、子どもにはすぐなじめるよね」とうなずいており、そこには当然含みがある。

「大人にはあんなになじめないくせに、子どもにはすぐなじめるところに、君の未熟さがあらわれているね」

というようなことを言いたいのだ。しかし、それはまちがっている。わたしが未熟であるのはこの際いいとしても、子どもと同質だから受け入れられるのではなく、むしろ異質だからこそ、そしてそのことがお互いにすぐわかるからこそ、簡単に受け入れてもらえるのだ。そうでないと、子ども時代のわたしが、同質なはずの子ども同士のコミュニティにあまり受け入れられなかった説明がつかない。こんな悲しい説明をさせないでもらいたい。

　ゲスト講師にとって、よそものであることは仕事の一部でもある。たとえば学校に呼んでもらうとき、わたしという見慣れない存在がいること自体が、まずは子どもたちの関心を惹きつけ、刺激になる。興味を持つことは学習の第一歩でもある。それにわたしにとっても、わたしのような、つまり会社をクビになってへらへらしているような大人の存在を、子どもの目にさらせることはうれしい。よそものとはつまり、非日常なのだ。おおげさに言えば、わたしは非日常の訪れとして学校にやってきて、すぐに去っていく。長居してしまったら、それはもう非日常ではなくなってしまうからだ。そしてどうやら、そのめずらしさが、世間にとっての詩のめずらしさに、ちょうどしっくりくるらしかった。

　実際、この仕事は会社員に比べて、かなりわたしに向いていると思う。いつでも初めて会うのだから、自分だけがよそものである違和感に悩むこともない。職場の人間関係にかかずらう必要も、長いカリキュラムを組む必要もない。働いているわたしとしても、行く先々で新しい人たちと会いつづけられるのは新鮮で、退屈しないですむ。もともと国語教室を開く前には、教育の仕事はゲスト講師だけにするつもりだった。かわいいよそものとしてあちこちを飛び回り、たくさんの人と出会いながら、旅するように働きつづける未来を思い描いていた。

けれど、結局、そうはならなかった。

出張授業の最後にときどき、「ぜひ、たくさん書いてくださいね」と話をする。

「形式は詩でなくてもいいです。わたしは詩が好きだけど、それより前に、まず言葉で書く、ということが好きです。どんな形でも、とにかく書きたいことが見つかったときに書けることは、いいことだと思っています。それで、書きたいこと、書くべきことっていうのは、誰にでも急に出てきてしまうものだと思ってます。そのときに備えて書いておくと、心強い武器になると思います。ので、日記でもなんでもいいので、ぜひ明日も書いてみてください」

そう話していながら、しかしその明日にはもういない、それどころかもしかすると二度と彼らに会うことはない自分の存在が、ひどく不確かで、無責任に思えることがあった。一コマ授業をして、はい、さようなら。また気が向いたら書いてくださいね、わたしの知らないところで。それは、なんだろう。彼ら彼女らの書くものを本当におもしろいと思っているわたしがしかし、明日よりあとに書かれたものをかたくななまでに読まずにいるというのは、どういうことだろう。そして、いざ書きたいと思ったとき、しかし書けないと苦しむときの彼ら彼女らに、その気持ちを痛いほどわかっていながら、ひとことの言葉もかけてやれないということは。

その日も、同じことを考えていた。夫の運転する車の助手席で、わたしはびんびん泣いていた。後部座席には米が十キロ、ビニール袋いっぱいの野菜、ふだんは買わない高級な卵二十個パック。出張授業のあとではない。実家に帰省した帰りだった。

親元を離れてしばらく、たまに帰ると、親はどっさり食料品をくれるようになった。最初の何回かはありがたがっていたけれど、その日、かんしゃくを起こしたように、急にそれが気にさわった。

わたしが帰省する頻度について、親が不満に思っていることを知っている。だから、買収するような米やら野菜がいやだった。素直に愛情ととらえたとしても、ものを、ひいては金で気持ちをあらわそうという魂胆が気に入らない。そしてそれ以上に、その利益をきっちり得ている自分が、いやだった。親のさびしさをよくわかった上で、知らんふりしてそれにつけ込んでいることが。

けれども、息切れするほど泣いたらちょっと落ち着いて、結論づけたことには、こうだ。もともとは日常だった親との関係が、非日常になってしまった。それがいけない。泣くほど親に気後れを感じるなんて、以前のわたしには考えられない。なんだかわたし、距離ができたからって、親を美化しすぎている。嫌いなところも面倒なところもたくさんあったはずなのに、「離れて暮らす娘を大事に思う親」という既存のストーリーにあてはめるようにして、親の実体ではない、想像上の親をあわれがっているにすぎない。それはちょっと、ラクをしすぎだ。親の短所に、おっくうな関係に、現実のややこしさに、割いてもいいはずの労力を省きすぎている。

そして、思う。生活にこそ本質がある、というような見かたを、ときに生活以外の問題から意図的に目を背けさせるものとして疑うとしても、しかし非日常だけにある本質というものはないのかもしれない。少なくとも、日常と非日常の往復のなかにしか、本腰を入れて付きあうに値する現実というものはないのかもしれない。

だから、旅するようにだけ生きるのは、やめることにした。ゲスト講師は楽しい仕事だけれども、それだけでは張り合いがない。仮に、わたしがこの世界のどこへ行こうがよそものであるとしても、そしてきっとその気持ちは消えないとしても、だからこそ同じ場所にいつづけてみたくなった。自分があって、相手があるということの違和感や面倒さを、みっしり感じるべきだと思った。

それで、国語教室を開いた。子どもたちは毎週やってきて、先週覚えたことをゾッとするほど忘れていたり、だんだん気がゆるんでさぼるようになってきたり、ふと友人関係の悩みをこぼしたりする。わたしはうんざりし、頭を悩ませ、最後にはいつも「また来週」と言って見送る。そして来週が来れば、また新しい課題があらわれる。関係を作ることは、ほんとうに、面倒くさい。既存のストーリーでない子どもたちの実体を見ようとするのなら、なおさら。けれどそのことが、「人間に生まれてしまった」わたしの間違いを、せめて報うように思えるのだ。

「あのねえ、わたし、反省した。もっと会いにくることにした」

そう言ったら、両親はやっぱり、うれしそうな顔をした。わたしは続ける。

「そんで、あんたたちのあんま好きじゃないところとか、面倒なところと、ちゃんと付き合ってくことにしたから。よろしくね！」

「はああ?」

不意打ちだったのか、父と母が同時にそう発声した。「なに?」「なんだって?」「どこのことだよ」「えらそうすぎる」と口々に不平を述べはじめ、そのまま本当にちょっとしたけんかになった。有言実行である。

海ぶどうに箸を伸ばすサカキさんに、ふと、聞いてみたくなった。

「サカキさんは、人間に生まれてしまったけれど、ほんとはなんなんですか?」

「ねこです」

「ねこ……だったん、ですねえ……」

「そうなんですねえ……」

ねこだと言われると、なんとなくそう思えてくる。サカキさんの円い目や、歌うような調子も、不思議にすんなりとねこらしい。おお、サカキさん。本当はねこなのに、上京したり、勉強をしたり、仕事のことを考えたりして、気の毒に。サカキさんもこちらを覗きこんでくる。

「くじらさんは、ほんとは、なんなんですか？」

ちょっと迷って、答えた。

「ドラゴンです」

「ドラゴン！？！」

サカキさんの、その日いちばん大きな声だった。

ねことドラゴンはお互いに笑って、もう一杯ずつのお酒と、ジュースを飲んだ。わたしたちはよそものどうしで、そのことが、うれしかった。

# 後ろ歩き

「アメもらいましたイェーイ。アメをもらいましたっ。イェーイ」

と、くりかえしているのは義理の甥で、スマートフォンのカメラに囲まれながら、「イェーイ」のたびに各カメラにポーズを決める。おままごとのような袴を着て、手には細長い紙袋。七五三なのだった。

彼の叔父にあたる夫が、カメラを下ろしながら「アメをもらう会だと思ってたんだな」とつぶやく。わたしも相づち程度に笑う。子どもっておかしいねえ、という態度で。しかしわたしとて、いざ七五三が何の会かと言われたら、正しく答えられる自信はない。おおざっぱに言うと生存を祝っているらしい、ということは知っている。ただそのことと神社や千歳飴とがどのようにつながっているのかまでは説明できないし、なにより、「生存を祝っているらしい」というそのこと自体、まっすぐには受け止めきれていない気がする。

無論、無論、生存はすばらしい。これまでの生存を祝うばかりでなくこの先の生存を祈念するのも、さもありなんと思う。しかしそれだけではない、なにかもっとごちゃごちゃ絡まったものを、七五三からは感じるのだ。誕生日とも、お正月とも違う、小さな頃にしかない儀式。おままごとのような晴れ着で所定の年齢を祝うという点では、成人式が近いのかもしれない。けれど、成人式ではこんなふうに当人がなにもわかっていないまま進行することはないだろう。ふたたび甥が「イェーイ」とピースしてみせる、その「イェーイ」が、七五三の奇妙さを増す。

だいたい、歳をとることがそんなにうれしいだろうか。生存のめでたさ、ありがたさはあるにしたって、わたしたちは生存それ自体だけを享受するわけにはいかない。存在しつづけた肉体は、ときに意思を超えて大きくなり、またときに古びてしまう。

結婚して親元を離れてからというもの、ときどき実家に帰ると、両親の顔だちや一挙手一投足をじろじろ眺める。ふたりの細かな変化を検分しているのだ。皺が増えていないか、髪の毛が減っていないか、前より太りすぎたり痩せすぎたりしていないか。毎回、あるところでは安心し、そしてあるところではぎょっとする。いっしょに暮らしていれば簡単にごまかせた時の流れが、少し距離ができただけで、急にありありと姿をあらわしてくる。

離れて暮らしはじめたわたしという娘に両親がこれまでより甘いことも、反対に厳しいことも、どちらも老いの兆しのように思われる。そして、それがいやでしかたない。わざと冗談まじりに相続や定年の話をしたかと思えば、母から送られてきた父の写真が老けて見えたことに突然怒ったりする。めんどうな娘である。

先日などは、「わたしねっ」と宣言した。

「わたしね、あんたたちが入院したり老人ホームに入ったりして、そこで看護師さんやらが子ども相手みたいなしゃべり方したら、もう、怒ってしまうからね。モンスター・娘になるから。あんたたち本人が困るくらい、すごく苦情を言ったりするからねっ」

親は当然めんどうがって、「はいはい」と流す。わたしのようなものと三十年近く付き合ってきただけあって、大概のことを「娘の極端なこだわり（と、まともなわたしたち）」の箱に入れて処理してしまう術を身につけている。しかしこちらも当然、そんなことではわたしのほうは片付くわけもなく、いまも戦々恐々としてやまない。先に待ち構える死はもちろん怖いけれど、それ以上に、時が流れていること、それ自体が怖くてたまらない。死よりもむしろ、老いのほうが怖い。葬式よりも病院のほうが、「〇〇しようねぇ」「そっかそっか」と話しかける、猫撫で声の看護師のほうが。

子どものころは、先へ進むのがうれしかったはずだ。夏には秋を、秋には冬を待ち遠しく思っていたし、いつでも早く次の学年に上がりたかった。受験生のときはさすがに本番が来ないでほしいと思ったけれど、それでもそのあとの卒業は燦然と輝きを放っていた。待ちに待った卒業式、見回すとわたし以外のみんなが泣いていた。うちに帰って玄関のドアを閉めるなり、制服をみんな脱いだ。脱ぐそばから床へ落とした。ヘアゴムや下着まで外して放り投げた。靴下と革靴だけになって、抜け殻のような制服を踏みしめ、まっすぐに立った。羽化。ざまあみろ、と思った。それから革靴を脱ぎ、靴下を脱いで、すっぱだかで家に上がったわたしに、母は深いため息をついたけれど、知ったことではなかった。自分の身体が、つぎの場所へ、つぎの場所へと軽く脱け出していくことが、気持ちよくてたまらなかった。玄関にぐしゃぐしゃに広がったブレザーに、足跡がくっきりと白かった。

それがどうしたことだろう、時の流れることが恐ろしいとは。単に歳をとったからかもしれないとも思うけれど、自分が三十歳になったり四十歳になったりすることはそこまで怖くない。卒業を待つように楽しみでさえある。怖いのは、自分以外が歳をとっていくことだ。二十代前半で知りあったときには永遠に生きつづけそうに見えた詩人の先輩が老眼鏡をかけるようになった。インスタグラムには出産の報告が続き、いつまでも十代のようだと思っていた夫はひそかに白髪を気にしている。

これまで、自分だけがなにもかも置き去りにしてつぎの時間へ一足跳びに進んでいけるように思えたのが、このごろは反対に、周りのものが自分を置いてつぎへつぎへと進んでいってしまう気がする。わたしだけが立ちすくんで、正面からやってくる強すぎる風に、ぎゅっと目をつぶって吹かれている。あんなに挑発的に未来をにらんでいたはずのわたしの身体はいつの間にか過去のほうを向いていて、つまり風は、過去から吹いてくるのだった。そしてわたしを残し、なにもかもをつぎの時間へと吹き飛ばしてしまう。追いつこうと思っても、後ろ歩きで、おっかなびっくり進んでいくほかない。きっと、こうだ。いなくなりたいと思う者にとってはあんなにやさしかった時の流れが、いつまでもここにいたいと願うようになったとたん、するどく牙を剥く。

けれど、こうも思う。ちょっと前までバウンサーでゆらゆらしていたくせして、袴の裾をものともせず走り去っていく甥を眺めながら、そうか、完敗かもしれない。彼にではない、時の流れにでもない、老いにでもない。ひょっとしたら、「わたしを置いて、老いないでほしい」よりずっと前に、「わたしたちを置いて、育たないでほしい」があったのかもしれない。いまだにわたしや弟の小さいころの写真を引っ張り出してきては並べ、幼稚園の送り迎えや運動会の話をくりかえし、「かわいかったなあ」とこれ見よがしにいう両親だ。弟が中学生になり、食料品の買い物に連れ出されるのを渋ったとき、父は彼の正面に座って「こうやって週末にスーパーにみんなで買い物に行くことが、おれにとってはいちばん幸せなことなんだ。いつまでも続かないのはわかってるから、もう少しだけ付き合ってくれ」と頼んでみせたのだった。

だとすれば互角ともとても言えない、そうだ、完敗じゃないか。

育つことは、もとより悲しみを含んでいる。生存の希少さにごまかされてなんとなくうれしい感じがしているだけで、本当は無数の喪失によってしか、育つことは形づくられない。だから晴れ着や千歳飴は、はなから喪の作業でもあったのだ。育っている当人のためではない。育たれているという受動態の、大人たちのための。当人がわかっていないままでいるのも、むしろそれにふさわしい。

そして、やっぱりわかっていないままに弔われてきた幼いわたしが、過去から吹いてくる風の向こう、積み重なっているように思えるのだった。

さて、それでは、教える仕事とはなんだろう。

教室で知りあう生徒たちは、つぎつぎに新しくあらわれる。自分の子どもなら一直線に育っていってしまうところ、生徒たちは代謝をくりかえす。ある子どもが卒業しても、またつぎの子どもが入ってきてくれる。

インタビューで「どうして子どもと接する仕事を選んだんですか?」と訊かれると、「大人とあまり話したくないからです」と答える。冗談だと思われているのか、掲載されたことはないけれど、本心である。子どもが特別好きなわけではないけれど、大人に比べたらかなり好きだ。できるならいつまでも子どもと話していたい。そしてそのためには、自分ではない人の子どもと知りあいつづけるしかない。「生徒たち」という大きな集合として見てさえいれば、彼らは永遠に子どものままだ。

けれども実際のところ、そんなことは机上の空論にすぎない。本当に彼らと接してみれば当然、ひとりまたひとりと目まぐるしく育っていく。そして教えているわたし自身、そのことを望んでもいる。どちらかといえば反対に、彼らは「育つ」ことの集合そのものなのだった。

安部公房の『砂の女』にこんな一節がある。

じっさい、教師くらい妬みの虫にとりつかれた存在も珍しい……生徒たちは、年々、川の水のように自分たちを乗りこえ、流れ去って行くのに、その流れの底で、教師だけが、深く埋もれた石のように、いつも取り残されていなければならないのだ。

ここまで悲観的ではないにせよ、確かにそうだと思う。育たれる痛みから自由でいられる稼業を選んだつもりだったけれど、とんでもない。教えつづけることとは、失いつづけることなのだった。

そしてそれが、同時に果てしない喜びでもあることに、その複雑さに、ときに自分自身で当惑する。教えるようになって初めて、失うことがうれしい。ちゃんと川底に置いていかれることが。ふと、もしかして、と思う。自分の子どもを持たないわたしだ。賢しらにあれこれ想像してみたものの、やっぱり机上の空論、まだ甥と同じに、なにもわかっていないままなのかもしれない。

もしかして、風の向こうに積み重なる、わかっていないまま喜ばれてきた、幼いわたし。

# ミケ

名札に大きく「バカ」と書いて首にかけたその子を見て、ほんの一瞬、なんと声をかけるべきか迷った。そうして、「おう、バカ」と言った。呼ばれた「バカ」はにやにや笑って、「なにい」と答えた。

国語教室を立ち上げるより、少し前のことだ。詩のワークショップだった。小さな和室の会場には何組かの親子が集まり、それぞれに名札を作ってかけている。ワークショップという場ではべつにフルネームを名乗ってもらう必要はない、けれどお互いに呼ぶ名前がすぐにわかったほうが進行しやすい、というので、名札には「呼ばれたい名前」を書かせることが多い。利便性に加え、ここは日常から離れた場所ですよ、かつお互いに友だち同士のようにフランクにふるまうことをよしとしていますよ、みたいな暗黙の指示も兼ねている。その名札だった。だから初めはぎょっとして、しかし腹をくった。なんでもいいと言った以上は、こちらもその責任をとらなくては。

けれどわたしが「バカは今日お母さんといっしょに来たんですか?」とか「バカは詩とか書いたことある?」とか話しかけていたら、本人もなにか思うところがあったのか新しい名札を持ってきて、今度は「ミケ」と書いた。それから、「ミケっていうのは、底辺の女のことなんですよ」と言った。

「そうなん?」

「そうですよ。いま読んでる漫画が、ギャンブルの漫画なんですけど、それで負けた人は男はポチ、女はミケって呼ばれて、人間じゃないあつかいをされるんです」

ミケは、その日参加した子どもたちの中ではひとりだけ年上だった。低学年の男の子たちがふざけあっているところから一歩離れて、タブレットをさわっていた。そしてわたしも、その日はほかの詩人がメインでやるワークショップの手伝いという立場で、場の中心からは外れたところにいた。それで、なんとなくずっとミケにかまっていた。

新聞や雑誌の切り抜きから詩を作るというのがその日のワークショップの内容だった。あらかじめ一行ずつばらばらにした切り抜きを用意してきて、その中から何枚か選んでもらい、並び替えると詩のようなものができあがる。文字が書けなくても参加できるし、ある程度ランダムな要素が加わるぶんできた作品が大切になりすぎないのが、気軽でいいところ。工作の要素が加わるのも子ども向きだ。学校に通っていない子どもたちの集まりで、男の子たちはみんなはちきれそうに元気だった。詩の時間がはじまると切り抜きが入った箱にむらがり、あれでもないこれでもないと選んでいる。けれど、ミケはその輪にも加わらない。ときどき他の子たちを見やり、「飽きちゃった」「つまんない」と言った。そしてわたしに、暇つぶしみたいにアニメの話をした。

みんなが選び終わったあと、箱がわたしたちのところへ回ってきて、ミケはやっと詩を作りはじめた。はじまってみると案外素直に、何枚か取り出した縦書きの一行を、左から右へ、順番に並べていく。逆だなと思ったけれど、まあ、詩というのは自由なものなんだし、そんなことがあってもよろしいか、と思いなおした。向こうからは歓声が聞こえ、子どもの作った作品を、講師とお母さんとが褒めているらしい。

貼りつけ終わると、ミケは余白に「ミケ」と書いた。それからタブレットを取り出して「さく」と打ち込み、「作」の漢字を大きく表示させた。わたしがなにも言わずに眺めていると、ミケはこちらを振り向いて、肩をすくめた。

「わたし、漢字書けないんです」

「いーんじゃない、調べられたし」と答えるとうなずいて、漢字を紙に書き写した。「ミケ作」。そしてまた、きまりが悪そうにこちらを向く。

「書き順とか、ぜんぜん合ってなかったと思うけど」

「いーよ、いーよ、どの字ってわかれば大丈夫だよ。わたしも国語の先生だけど、書き順ぜんぜんダメ」

「へえ、そうなんだ」

それから、ミケはぽつぽつと学校についてしゃべりだした。わたし、小四だけど、小一から学校行ってないんで。こないだ面談で学校行って、四年生のテスト、見せられたけど、まず小一からテスト受けたことないし、ぜんぜん何書いてあるかわかんなかったです。へえ、そりゃそうなるねえ。わたし、バカなんで。そうかなあ。

「このあと発表あるから、読み方わかんない漢字があったら訊いてね」と言ったら、ミケは切り抜きの中にあったすべての漢字の読み方を順番にたずねた。ひとつ訊くごとに、二回、三回、口のなかで復唱し、わからなくなるとふたたび確認して、最後にはみんな空で読めるようになった。

発表の時間が来ると、手を挙げた順番に子どもたちが詩を読み上げた。みんなが拍手をして、メインの講師がそれぞれのいいところを講評する。さっきまでふざけ半分だった子どもも褒められるとうれしいみたいで、座って発表を聞いていたお母さんのところへ小走りで戻る。それを、ミケはしばらく黙って見ていた。

「発表、どうする？　いやだったらやんなくてもいいよ」

わたしがささやくと、「漢字わかんなくなるかもだから」とささやき返す。わかんなくなったらもう一回訊いたらいいよ、というと、へー、みたいな気のない返事。わたしも、まあ、やらないんならそれでもいいか、と思っていた。

だから、ミケが自分で手を挙げたときにはおどろいた。

ミケは立ち上がって、発表の場所まですたすた歩いて行った。そのままこともなげに詩を読みあげはじめたけれど、途中でぐっと言葉に詰まり、「ああ、読みかたがわかんなくなった」とつぶやいた。けれど直後、教えに行こうととっさに腰を上げたわたしをすばやく手で静止して、小さな声で「だいじょうぶ」と言った。そうして、ひとつも読み方をまちがえずに詩を読み終え、またすたすたと戻ってきて、わたしにだけ聞こえる声で言った。

「緊張したあ」

「ミケ、すごいじゃん。漢字ぜんぶあってたよ」というと涼しい顔で、「あっ、そう。まちがえたと思ってた」なんて答えた。ワークショップはそのままにぎやかに終わり、子どもたちは輪をほどいて、また遊びはじめた。お母さんたちもメインの講師をした詩人のところへ集まっていって、かわるがわるお礼を言う。やっぱり子どもの表現力はすごいですね。学校じゃこんなこと、教えてもらえないですもんね。わたしも、そうですねえ、と思って聞いていた。そばにはミケ親子だけが残り、ミケは何事もなかったようにまたタブレットをさわりだしていた。

「そういえば、詩、逆に貼ってるのもおもしろかったね。なんでだったの?」

ふとたずねると、ミケはなにを訊かれているのか、よくわからないみたいだった。代わりに答えたのはお母さんだった。どこか忍びなさそうな調子で、

「あ。この子、本も教科書も読んだことなくて。YouTubeのコメント欄で日本語覚えてるので。縦書きの文章を読んだことがないいんだと思います」

思わずミケを見ると、もう自分は関係ないような顔をして、タブレットを見つめている。たしかに日本語の文章は、縦書きだと右から左へ、横書きだと左から右へと進む。当たり前だと思っていたけれど、たしかに、そうか、難しいかもしれない。自分はなんて愚かなんだと思った。なんて愚かなこと訊いてしまったんだろう。すてきな授業をしてくれたゲスト講師の一員として華々しく送り出され、ミケとも手を振って別れた。実際、その日はいいワークショップだったと思う。子どもたちはめいめい思うままに楽しんでくれているように見えたし、なによりメイン講師の持つ明るいエネルギーが場全体に伝播して、子どもたちもお母さんたちも、詩を書いて発表したということをうれしく思ってくれたみたいだった。それなのに、ひとりになって帰りの電車に座った瞬間、涙が出てしょうがなかった。

くだらない、なにが、自由。生きている不自由の前に立たされたら途端になんの意味もなさなくなる、飾りものの、ばかげた自由。

学校が嫌いだった。集団を維持することにしか関心がないように見える教師たちも、第一に従順さを求めているとしか思えない教室や試験のシステムも、それに抗うでも、かといって信じるでもなく、ほどほどで追随するだけの生徒たちも、みんなうっとうしかった。当然のように友だちもいなかったから、よくそのことで不便を強いられ、それもまた無性に気に入らない。はじめにはそのやっかみもあったかもしれない。ともかく、すべてが多数派のために行われていて、わたしはそこを逸《はぐ》れている、と思っていた。

音楽室の座席は、中心の教壇へ向かってすり鉢状に下がる、円形劇場のような形だった。音楽の授業で忘れものをした者は、罰としてその教壇の前に立ち、一曲歌わなければいけないというルールがあった。けれど実際のところ、罰は成立していなかった。晒しものにされたひとりが歌い出すと、囲んでいるクラスメイトもそれを庇うように斉唱しはじめるのだ。少女たちは示しあわせて、そんなふうに辱めを骨抜きにしてしまうのだった。けれど、とはいえ音楽の授業としてはみんなが歌ったほうがいい、ということなのか、音楽の教師はそれを黙認していた。

わたしは、ひそかに戦々恐々としていた。もともと忘れものは多いほうだ。それなのに友だちまでいないというので、消しゴムを忘れては貸してもらえず、教科書を忘れては見せてもらえず、さんざんに苦労していた。これでリコーダーでも忘れようものなら、と思うとぞっとした。たったひとりで教壇の前に立たされ、ぐるりと見下ろされて、わたしが歌い出しても、きっとだれもあとには続かない。わたしのところで初めて罰が、きわめて効果的に成立する。みんな自分たちのしている意地悪をちゃんと承知していて、くすくす笑いをこらえて目配せしあう、教師もまたなにが起きたのかを心のうちでは悟っていながら、自分が想定以上にひどいことをしてしまったのをごまかすために、そそくさと授業にうつる――最悪だ。そもそもどうしてこんな不公平がまかり通るのか、と思うと、なおさらに腹が立つ。そういう暮らしづらさが、気むずかしくて「空気の読めない」子どもの日々にはあふれていた。

詩のワークショップをするようになったのは、そういう記憶が残っていたからかもしれない。不登校の子どもたちの集まりに呼んでもらえたことも、だからうれしかった。呼ばれたい名前を書いてください、作品を比べる場所ではありません、ルールはないので、自由に書いてください。そんなことを言ったり、参加者の書いた詩を褒めたりするたびに、自分でもうっとりした。どんな表現もすばらしい、と、わたしも確かに思った。褒められることよりむしろ、褒めることのほうが気持ちいい。

表現のワークショップというものには学校ぎらいのための新しい類型のような面があって、詰め込み型の教育や一方的な評価、それによって教師が持つ権威性、そういう既存の教育の形式への批評を含んでいることが多い。わたしもまたそういう学校ぎらいのひとりであり、自分が教育をすること、そして自分の嫌いだった教育のすがたをこれ見よがしに避けていくことを、抵抗の手段のように思っていたのだった。かつての自分のような学校ぎらいの子どもには、胸のすくような、新しい居場所が必要だと思ってやまなかった。

けれどミケと出会った帰り道、電車のなかで泣いていながら、もはやそんなふうに構えてはいられなくなっていた。学校におかしな面がいっぱいあることには間違いないと今でも思うにしても、しかしこれが、切り抜きを使って詩を作ることが、はたしてミケに必要なことだろうか。それよりもむしろ漢字の読み方のほうが、ミケには必要だったんじゃないんだろうか。「作」という字を書きながら、恥ずかしそうに手元を隠したミケには。自分のしてきたことが、みんなまちがいだったように思えた。

あまり考えずに気軽にできるやり方で詩を作らせ、それを褒め、「学校ではこんなこと教えてもらえない」なんて言わせてしまうこと。それは暗に、勉強なんてしなくてもいい、ひいては成長なんてしなくてもいい、というメッセージを発してしまうのではないか。それも、わたしがその自由さをもって愛しているはずの詩を、錦の御旗に掲げて。

そして、あのときのわたしに必要だったのは、果たしてそんなものだったか。対等らしい関係や、だれもに等しく与えられる明るい褒め言葉、そんなもので、しじゅう腹を立てていたあの女が、本当に満足しただろうか。

在来線はよく揺れて、足元がぐらつく。イヤホンからは眉村ちあきさんの声が流れていた。眉村さんは自分で作詞作曲までするソロのアイドルで、すばらしい演者であるのは言うまでもなく、人間の個体としての魅力さえひと足に飛び越え、活火山や流星群を見ているような気持ちにさせてくれる。そのときたまたま流していたのが、眉村さんがテレビの特集かなにかで尾崎豊をカバーしている動画だった。曲は「僕が僕であるために」。じつは、これまでここの歌詞がいやで、あんまり好きになれなかった曲だった。

こんなに君を好きだけど
明日さえ教えてやれないから

自分のことを好きな男にこんなふうに言われたら、わたしなら怒り狂うだろう。から、なんだよ、と問いつめるだろう。から、なんだよ。おまえ、おまえがわたしのこと、明日なんてこと懇切丁寧教えてやらないといかん女だと思ってたんなら、こっちから願い下げ。出てけ、出てけ、ばかにすんのもいいかげんにしろ。まして、自分のほうでもその男のことが好きだったなら、なおさら。

けれど眉村さんの声が火柱みたいにまっすぐ伸びるから、そのときうっかり、心をひらいてしまった。

君が君であるために　勝ち続けなきゃならない
正しいものは何なのか　それがこの胸に解るまで

アルトリコーダーを忘れたと気がついたのは、音楽室に向かう途中の廊下のことだった。ついにやった。やってしまった。テストの練習のために前回持って帰った、そのテストがまさに今日なのに、家に置いてきてしまったのだ。内心青ざめ、体調かなにか理由にして、いますぐ引き返そうか迷った。けれども人の流れに圧されて足は止まらず、そのままなんとなく席についてしまった。その段階でもう気が気じゃない。罰の時間は授業の初めに行われることになっていた。自己申告制だったけれど、どうせあとでリコーダーを使うのはわかっていたから、申告しないわけにもいかない。忘れ物をしたのはわたしともうひとり、クラスでかなり目立っている女の子だった。その子が先に教壇の前に立った。歌いだしたのはわたしのあまり知らないアイドルの曲で、あっという間に音楽室のあちこちから援護が加わり、大合唱になった。そのあいだ、わたしは口をつぐんでうつむいていた。

歌はあっという間に終わり、押し出されるように教壇の前に立つと、半円形の座席が高く積み上がり、わたしを取り囲んでいる。深い穴の底にいる気分だった。クラスメイトはすでにおしゃべりをはじめている。からかいや奇異の目をおそれていたけれど、実際に訪れたのは色濃い無関心だった。友だちが歌うゆかいな時間は終わってあとは消化試合、あーあ、早く終わってくれないかな、というような。そのときにはもう、わたしの肚は決まっていた。

歌いだした瞬間、よそ見をしていた何人かがこちらを向いた。目線はひとり、ふたりと増え、わたしにはもうおしゃべりの声も聞こえなくなっていた。歌ったのは、沖縄で生まれた母が子どものころに一曲だけ教えてくれた琉球語の歌だった。だれも知らない、歌えない歌なら、「歌ってもらえない」不自然をなあなあにからめとってしまえる、というのが、わたしの作戦だった。

歌が終わると教師が拍手をして、だれかが小さな声で「おおー」だか「ええー」だか言った。リコーダーのテストは当然受けられず、後日受け直すことになった。歌い終わったあとの浅い息でわたしは、この上なく満足していた。ばかにされずにすんだ、という結果そのもの以上に、自分が音楽室の底にひとりで立ち、最初から最後までひとりで歌い切った、ということに。

あのときのわたし。だれかに褒めてもらうなんてどうでもよかった。居場所も、友だちも、本当はいらなかった。欲しかったのは力だけで、ただ、ひとりで立ちつづけられる自分が欲しかった。だから、「成長なんてしなくてもいい」と言ってしまうことがおそろしいのだ。居場所さえあれば、表現さえあれば、それでいいと言ってしまうことが。それはミケにとって、そしていつかのわたしや、ほかのうんざりした子どもたちにとって、侮りにほかならないのではないか。本当はずっと、こんなふうに言いたかった。満足するな。だけど、期待をかけろ。今よりもっといいほうへ、つぎへ、つぎへと進め。そうして、誰も知らない言葉で歌え。歌が終われば、黙って舞台から去ってやれ。なによりずっと、本当は、そんなふうに言ってほしかった。

僕が僕であるために　勝ち続けなきゃならない
正しいものは何なのか　それがこの胸に解るまで

厳しい歌詞だと思う。「戦い続け」ではなくあくまで「勝ち」、しかも勝ち「続け」なきゃならない、というところが。だけど、本当にそうだ。学校でもだめ、かといって抵抗だったはずのワークショップでもだめ、勝ち続けなきゃならないのだ。ミケにはもう二度と会えないであろうことが、くやしくてたまらなかった。新しい漢字を教え、今度は「作」の書き順だって教えて、ミケはバカではないと教えてやれないことが。自分の仕事が結局なんの抵抗にもなっていないこと、ミケの力を奪われたままにしてしまっていることが。

眉村さんの歌が大泣きに拍車をかけ、ほかの乗客に不審な目で見られながら駅のホームに降りて、わたしは国語教室を作ることに決めた。作るなら、一回きりでない会い方がいい。勉強も表現もない交ぜに教え、今いるところに留まらせず、つぎへ、つぎへと進めるような教室がいい。その日の晩、夢を見た。いつまでも歩く夢だった。心象のような風景ではなく、どこかで見たことがあるような住宅街、郊外の国道や、団地沿いのバス通りを歩いていた。目的地があるとわかっているのに、わざと遠回りをしていた。道を調べずにいること、足が疲れてくること、もうずいぶん長い距離を歩いているとわかっていることが、自分でうれしかった。

あちこちで、奪われた力が渦巻いている。見えなくなっているだけで、消えてなくなったわけじゃない。わたしたちが本当に自由になるために必要なのは、その力なんじゃないだろうか、と思うことがある。すでにあるものたちをはるばると呑みこんで、それでいてたったひとりでちぎってしまえるような新しい力が、その中に眠っているんじゃないか。まだはじまっていない努力を息をひそめて待っている、わたしたちの力。ときどき夢をみる。それが底から次々に前進をはじめたら、きっと円く見下ろしていた観客にも泡を吹かす。抵抗。

わたしたちの抵抗。

# あとがき

この本が、百万年書房から刊行されるエッセイ集としては二冊目になる。あとがきを書くのも二回目だ。一冊目『夫婦間における愛の適温』は「暮らし」というレーベルに含まれていて、先に同じテーマで書かれたエッセイ集が何冊か刊行されていた。ただ影響を受けすぎないよう、自分の一冊を書き上げるまでは読まないでいようと決めていた。

いざあとがきまでを書ききったあと、ゲラの修正をしながら満を持して同レーベルの一冊目『せいいっぱいの悪口』（堀静香）を読んで、おどろいた。あとがきは、本にかかわった人たち、堀さんのエッセイに出てくる家族、そして読者に宛てた謝辞でしめくくられていた。謝辞！　一方のわたくしときたら最後の最後までただ書きたいことを書いているだけであり、しかもなんだか啖呵を切るような一文でしめくくられていて（『夫婦間における愛の適温』参照）、比べてみると自分の居丈高さが腹立たしくなってくる。ああ、謝辞！　しかしもうゲラの段階に入っているわけだし、そうでなくとも人の書いたものを見てあわてて謝辞を足すのはそれはそれで義のないことに思われ……ということで、一冊目はたいへん態度の悪いままで刊行、さらには増刷もした。

ここまでが反省で、さて、二冊目のあとがきである。

半年ほどの連載をあらためて読みかえすと、なんだか同じようなことをあの手この手で書きつづけてきたような気がする。人間と関係すること、人間以外と関係すること。「ありのまま」を克服すること。そして結局、ひとりでいること。みんなで口笛なんか吹かないで、ひとりで読み、ひとりで勉強して、ひとりで書くこと。なかば意固地になって、そんなことばかり書いてきた。今さら不安になってくる。そのかたくなさと、あとがきに謝辞を書きそびれる居丈高さとは、どこかでつながってはいないだろうか。

つまり、わたしは本当に、ひとりでいていいのだろうか。それ以前に、本当にひとりでいると言えるのだろうか。

教室をひらいて三回目の春である。『砂の女』が語るとおり、確かに川の水のように、生徒たちは速い。やってきたかと思うとすぐに行きすぎてしまう。机の位置を変えさせた兄弟はそろって卒業した。弟のほうは「これ、お別れのプレゼント」と言って、やっぱり短歌を書いてくれた。

　ストーブに　手をつけるとね　やけどする　ついてなければ　やけどしないよ

なぜ？　と思わないこともないけれど、その気ままさがうれしい。書きたいことをいつ書いても大丈夫だと思いながら卒業してくれることが。

　中学生のミヤさんはすっかり勉強にはまり、教室にも通ってくれるようになった。最近は助動詞を覚えた。解説のときにはもちろんふたり口をそろえ、「We Will Rock You」を口ずさんだ。

　アオさんは予定していたとおりに引っ越し、無事に新しい学校に編入した。アオさんの場合もともと三か月だけの予定で通ってくれていたこともあって、なおさらにその効果が気にかかってしまう。なにができただろうか。たった三か月、たった一年、たった三年。

　卒業の間際にはいっぺんに三ページも四ページも日記を書くようになっていたアオさんに、「引っ越しても日記書いたらいいよ！　もしなんとかして送ってくれたら、なんとかして返事するよ！」と言ったら、本当に毎日日記をＬＩＮＥしてくれるようになった。新しいクラスメイトにがんばって話しかけたと書かれている日もあれば、緊張して一日本を読んで過ごしてしまったという日もある。かと思えば、急に銀河系の大きさや好きな映画について熱弁するだけの日記もある。一日一回、夜になると日記が届いて、わたしも一回返事をする。特にそのほかのおしゃべりはしない。

このふしぎなつながりがなおさらに、自分にできることがいかにわずかであるかを思い知らせる。わたしはアオさんの毎日を、離れたところで耳をすますように見ているしかない。ときどき願う。アオさんの友だちがアオさんにひどいことをしないように、家族とのあいだで言葉や心がうまく行き交うように、そして、アオさんにいい先生が見つかるように。自分がいい先生だと言うつもりはないけれど、しかしやっぱり先生というものにはいいと悪いとがあると思っているし、そのいいことがアオさんにとって、人びとにとって、重要であると思っているのだ。おそらく、好きこのんで教えている人の多くがそうであるように。

そしてそれとは矛盾するようだが、しかし同時に、子どもたちひとりずつのことを思うほどに、わたしひとりでできることはなにもない。これは自分の無力というようなことではなく、仮にわたしができるかぎりの力を発揮し、そのすべてがうまくいったとしても、わたしでないものの力もまた、つねに子どもたちに向かって作用しつづける。ときにはそれがもどかしいこともある。たとえば、親や学校の先生のひと言に自尊心を傷つけられたり、時間を奪うばかりで力にはならない勉強法を強制されたりしてきた子どもと話すと、いつもたまらない気持ちになる。けれど反対に、わたしには力の及ばない親密なかかわり、あるいはよりよい教育の実践によって、わたしのほうまで助けられることもある。

そしてそのどちらにしても当然、わたしが阻むことも、促すこともできない。有機的な人のつながりの中で子どもが生きている以上、彼ら彼女らのなかで起きていることをわたしが総覧したり、ましてコントロールしたりするわけにはいかない。だいたい、わたしとの関わりだけで子どもの世界が完結してしまうのだとしたらそんなにおそろしいことはなく、おかげでそうならずに済んでいると言ってもいい。わたしが彼ら彼女らと会えるのは教室のなかだけだが、外にははるかに広い世界が広がっているのだ。

だから子どもたちを教えているとき、わたしはかならずだれかに頼っている。ひとりでできることは何もない。しかしここでもまた、つい意固地になりたくなる。どうしようもなくだれかに頼り、願いながら教えていると、そのとき同じようにわたしを頼り、わたしなんかよりはるかに重く願いをかけているだれかがいることに、思い至らずにはいられない。だとしたら、わたしというこのひとりができるわずかなことを、しかしわたしはなるべく増やさなくてはいけないのではないか。

そして、そんなふうに思うことはやっぱり孤独である。そうは言ってもわたしだって人と関係しながら生きていて、何をするにもひとりではいられないとしても、今度こそ無力という意味で「ひとりでは何もできない」としても、しかしわたしにできることはわたしにしかできないのだ。ひとりでは何もできない。わたしが勉強しなければわたしが勉強したことにはならないし、わたしが生きなければ、わたしが生きたことにはならない。その同語反復をしかし、あえてここに確かめておきたい。そうしてできることなら、子どもたちや、教える人たちや、この本を読んでいるあなたと分けあいたい。だからもし謝辞を書けるとしたら、こんな調子になるだろう。

ひとりであることを共にしてくれるみなさまに、心よりお礼を申しあげます。

四月十六日の日記がアオさんから届いたのは授業中で、この春に新しく入塾した中学生が問題を解いているときだった。教室にはシャープペンシルの音だけがしていて、ときどき浮き上がるようにふっと止む。わたしはその音を音楽みたいに聴いていて、ブレイク、と思う。面談では、まじめに勉強をし、ほかの塾にも通っているものの、どんどんテストの順位が下がってきたと話していた。自己紹介がてら、「なにか好きなものとかありますか？」と軽く訊くと、「寝ることです」と答えた。

「何かするのが、もう面倒くさいんです。寝てる間は、何もしなくていいじゃないですか」

「なんで？」

最近なんとなく、書く音でどれくらい問題が解けているかのアタリがつくようになってきた。いま書いている記述問題は、残念だがたぶんまちがっている。ブレイク。アオさんは骨折をしたという。けれどそのおかげで、いっしょに帰る友だちができたという。わたしはやっぱり、言葉にできることはなんだろう、と考えている。人といることとひとりでいること、そのどちらからも逃れられないわたしたちに、できることはなんだろう。書く音がまた部屋に鳴りはじめる。


入り口には、「国語教室 ことぱ舎」と書かれた看板がかかっている。わたしがかけた。

向坂くじら　さきさか・くじら

詩人。1994年名古屋生まれ。
「国語教室ことぱ舎」(埼玉県桶川市)代表。
Gt.クマガイユウヤとのユニット「Anti-Trench」朗読担当。
著書に詩集『とても小さな理解のための』、
エッセイ集『夫婦間における愛の適温』、
小説『いなくなくならなくならないで』ほか共著など。
慶應義塾大学文学部卒。

本書は、web百万年書房LIVE!の連載「犬ではないと言われた犬」を加筆修正し、
書き下ろしを加えたものです。ちなみに、39ページの問題の正解は、イです。

# 犬ではないと言われた犬

2024年7月29日　初版発行

著者　向坂くじら
装画　早瀬とび
ブックデザイン　鈴木成一デザイン室
発行者　北尾修一
発行所　株式会社百万年書房
〒150-0002 東京都渋谷区渋谷3-26-17-301
tel: 080-3578-3502　http://www.millionyearsbookstore.com
印刷・製本　株式会社シナノ

ISBN978-4-910053-53-0

JASRAC 出 2404220-401

## 百万年書房のエッセイ既刊

# 暮らす。暮らしを書く。暮らしを読む。

01

### せいいっぱいの悪口

堀静香

今日生きていることも、昨日生きていたことも全部本当。明日生きたいことも本当。今がすべてで、いやそんなはずはない。適当で怠惰であなたが好きで、自分がずっと許せない。事故が怖い。病気が怖い。何が起こるか分からないから五年後が怖い。二十年後はもっと怖い。今がずっといい。でも今が信じられない。なのに、今しかない。

02

### 世の人

マリヲ

三回目の逮捕の後、もう本当にダメかも知れない、という気持ちと、確実になった刑務所生活を一秒でも短くしたいという気持ちから、ダルクに通所することにした。アルバイトとダルクを両立させていること、家族、友人との関係が良好であることが、裁判において有利に働くらしいということをプッシャーの友人に教えてもらったからだった。

03

### いかれた慕情

僕のマリ

家族にも友人にも本音を言うのが苦手だった。何年生きても薄い関係しか築けないのが、ずっとコンプレックスだった。自分を晒すことにどうしても抵抗があり、踏み込むのも踏み込まれるのも躊躇した。そうやって生きてきたから、誰かの友情や愛情を目の当たりにすると、決まって後ろめたい気持ちになった。

04

### 夫婦間における愛の適温

向坂くじら

まずもって、あの夫というやつは臆病すぎる。合理的であるということを隠れ蓑に、ただ予期せぬものの訪れを怖がっているだけ。なんだい、なんだい、びびりやがって。くされチキンがよ。だいたい、すべて計画通りの毎日なんてつまらないじゃないか。（中略）そのくされチキンがある日、なんの前触れもなく急須を一式買って帰ってきた。

05

### 脳のお休み

蟹の親子

身体の障害だったら障害者って分かってもらいやすくていいよね、と言うのを黙って聞いていたことがある。そういう声を聞くたびに、人間の想像力が争いを解決してくれることなんてあるのだろうかと思った。現に、私はその声に憤る。私はあなたじゃない。

06

### 速く、ぐりこ！ もっと速く！

早乙女ぐりこ

血迷ってマッチングアプリを始めた。よりによって、遊び目的の人間ばかりが集まっていると言われる一番チャラいやつ。自己紹介欄に何を書こうかなと考える。出会いを求めている男女が集う場でも、自分が、自立していてひとりでも幸せに生きていける女であるかのように取り繕った文章しか書けないのが笑える。